Schwiegermuttergift

Ein Alpenkrimi mit

Franzl und Max

Mirko Trompetter

Bibliografische Information der Deutschen Nationalbibliothek:
Die Deutsche Nationalbibliothek verzeichnet diese Publikation in der Deutschen Nationalbibliografie; detaillierte bibliografische Daten sind im Internet über http://www.dnb.de abrufbar.

Copyright © 2014 by Mirko Trompetter

Umschlagsabbildung: Mirko Trompetter

Herstellung und Verlag:
Books on Demand GmbH, Norderstedt

ISBN 9783734731181

Inhalt

Ein fast normaler Unfall 5
Gegessen wird um zwölf 16
Fingerspitzengefühl 24
Bauernsprechstunde 35
Verbrechen kennt keinen Dienstschluss 50
Ein ganz ein schönes Bild 61
Geistesblitz statt Zucker 79
Geteiltes Glück ist halbes Glück 94
Flascherltausch 106
Die sagt ja nix, die red ja bloß 121

Ein fast normaler Unfall

»Du Franzl, meinst du eigentlich nicht auch, dass mer mir so langsam mal nen neuen Streifenwagen brauchen könnten? Also weißt schon, ich mein so nen richtigen. Vielleicht einen mit Klimaanlage und Navi drin. Der hier hat ja jetzt doch schon fast 17 Jahre auf dem Buckel. Wäre doch langsam echt mal an der Zeit, oder?«, frag ich meinen Kollegen, während wir vor der einzigen roten Ampel im Dorf stehen.
»Mei Max«, erwidert er mit einem tiefen seufzen.
»Du weißt doch was der Hintermeier dazu sagt. Das gleiche wie immer. Wenn ich mich recht erinnere, dann haben sie beide doch das Dienstfahrzeug als Neuwagen bekommen, und kaum haben sie ihn ein paar Jahre, da wollen sie schon wieder einen anderen haben. Das geht nicht, dass der Staat ihnen dauernd neue Autos kauft. Der muss auch sparen. Und außerdem sollen sie damit keine Sonntagsausflüge machen, sondern lediglich ihren Dienst damit verrichten. Das ist ein Arbeitsgerät.«
Ich weiß ja dass der Franzl da schon recht hat, denn unser Dienststellenleiter, der Hintermeier, ist echt ein Geizkragen. Der tut immer so als müsste er alles aus eigener Tasche bezahlen. Dennoch überlege ich mir, wie ich ihm vielleicht doch noch einen neuen Wagen schmackhaft machen könnte, als der Franzl plötzlich meint: »Du, grüner wird´s nicht«, und dabei in Richtung Ampel zeigt.
Ich fahre also los. Mitten auf der Kreuzung scheppert´s auf einmal gewaltig. Denn ein von rechts

kommender Kleintransporter eines Paketdienstes rammt uns am Heck, rollt weiter über die Kreuzung, und kommt auf der anderen Straßenseite an einer Laterne zum stehen.
»Super«, sage ich. »Ich denk da war grün.«
»War´s ja auch. Der ist bei rot drüber gefahren. Na warte, den schnapp ich mir, den Deppen.«
Während der Franzl zu dem Kleintransporter rüber läuft, um sich den Fahrer mal ordentlich zur Brust zu nehmen, räume ich erstmal unsere Stoßstange von der Straße, und begutachte den Schaden an unserem Dienstfahrzeug. Es sieht nicht wirklich schlimm aus. Nur ein verbeulter Kotflügel, ein kaputtes Rücklicht, und eben die fehlende Stoßstange. Aber es könnte durchaus reichen, um dem Hintermeier einen neuen Wagen aus den Rippen zu leiern.

»Du Max, schau mal schnell her«, höre ich den Franzl rufen, der neben der geöffneten Fahrertüre des Kleintransportes steht.
Ich geh also rüber und frage ihn: »Was ist denn los?«
»Der schaut irgendwie nichtmehr besonders gut aus. Also wenn du mich fragst, dann sieht der sogar verdammt schlecht aus. Irgendwie so tot«, sagt Franzl, und deutet dabei auf den regungslos, über dem Lenkrad liegenden Fahrer.
»Ja«, sage ich, »der sieht wirklich nicht besonders gut aus. Dabei ist er doch gar nicht so schnell dran gewesen. Angeschnallt war er ja offensichtlich, und der Airbag ist auch aufgegangen. Verstehe ich nicht, dass man sich da so verletzen kann, dass man da gleich stirbt. Der blutet ja noch nicht mal. Und warum ist hier drinnen alles so nass. Das stinkt ja

ekelhaft.«
»Das ist glaube ich Fencheltee, oder Anis. Der ist wohl aus der Thermokanne da rausgelaufen, die da am Boden liegt.«
»Ja pfui Teufel. Den hab ja ich schon als Kind nicht mögen, den Dreck.«
»Vielleicht hat er ja aber auch einen Herzinfarkt gehabt«, mutmaßt der Franzl. »Oder er hat sich schnell während der Fahrt ein paar Schlückchen von dem Tee gegönnt, hat sich daran verschluckt, und ist dann erstickt. Und dann, bumms. Unfall. Tod. Die haben ja nie Zeit, die Paketfahrer. Die machen ja quasi alles während der Fahrt.«
»Das ist ja alles schön und gut, aber meinst nicht, dass mer mir da so langsam mal nen Rettungswagen bräuchten? Obwohl ich ja kaum glaub, dass das bei dem noch irgendwas bringt. Aber versucht hätten mir´s halt wenigstens.«
»Darum braucht´s euch ihr zwei schon gar nicht mehr zu kümmern«, krächzt eine alte Frauenstimme hinter mir. »Das hab ich schon gemacht.«
Die Stimme kommt mir sofort bekannt vor. Als ich mich dann umdrehe und auch noch sehe, wer da hinter mir so verdammt gescheit ist, schießt mir sofort durch den Kopf: »Die hat mir gerade noch gefehlt. Die alte Hexe.« Denn mein Verdacht hat sich bestätigt, und die alte Hexe ist eigentlich die Feichtbauer Resi, die größte Dorfratschen weit und breit. Seit sie die Metzgerei aufgeben musste, weil ihr Mann, also der Sepp damals gestorben ist, hat sie nichts besseres mehr zu tun als sich andauernd um die Angelegenheiten anderer Leute zu kümmern. Obwohl sie das ja früher auch schon mit Vorliebe

gemacht hat, als sie noch selber hinter'm Tresen gestanden ist und zu jedem Stückchen Wurst, noch ein kleines Scheibchen Nachbarschaftswissen dazugelegt hat. Ich glaub sogar, dass viele bloß wegen der Gerüchteküche hingegangen sind, und nicht wegen der Wurstküche. Wundern tut mich eigentlich nur, dass der Sepp es so lange mit ihr ausgehalten hat. Also ich mein ja nur, so quasi als Fleischverwerter. Da hätte man doch Möglichkeiten. Aber man will ja auch nix schlechtes sagen. Deshalb bleibe ich auch zur Resi freundlich, obwohl sie mir alleine schon durch ihre bloße Anwesenheit auf die Nerven geht, und sage zu ihr: »Ja Frau Feichtbauer. Das haben Sie ja ganz hervorragend gemacht. Wenn alle Bürger so schnell mitdenken und handeln würden wie Sie, dann hätten mir ja da gleich viel weniger zu tun. Dafür bedanken wir uns natürlich auch recht herzlich bei ihnen. Wenn dann sonst nix mehr ist, dann könnten's eigentlich auch schonwieder weiter gehen. Schließlich ham ja Sie da heut schon genug für uns getan. Und aufhalten wollen mer's mir ja nicht, Frau Feichtbauer. Weil Sie ham ja da bestimmt noch was wichtigeres zum tun.«

»Das würd dir so passen, gell Maxi? Aber so einfach ist das nicht. Ich weiß nämlich wer das ist, der da im Auto liegt. Da schaust, gell?«

Noch etwas was ich an ihr hasse. Sie ist die einzige, die mich Maxi nennt. Das hat sie schon früher immer so gemacht, wenn ich als kleiner Junge mit meiner Mutter bei ihr im Laden war. Dann hat sie immer gefragt: »Mag der Maxi noch a Scheiberl Wurscht?«, und ich hab es damals schon gehasst.

»Das wissen wir auch Frau Feichtbauer«, meldet sich

der Franzl. »Ich hab nämlich seinen Ausweis gefunden. Demnach handelt es sich um einen gewissen Niederstetter Marcel. Der wohnt gar ned soweit weg von hier, Max. Der ist aus Birnbach. Da schaun mir doch nachher gleich mal vorbei, oder?«
»Selbstverständlich Franzl. Ist ja schließlich unsere Pflicht«, antworte ich mit einem zufriedenen Grinsen und wende mich wieder der Hexe, ähh, der Resi zu.
»Sehn Sie Frau Feichtbauer, mir wissen mer eh schon alles. Aber trotzdem noch mal vielen Dank für ihre Hilfe. Wiederschauen dann, gell?«
»Ja und was ist mit meiner Zeugenaussage? Ich hab ja schließlich ganz genau gesehen wie das alles passiert ist. Das musst du ja schon aufnehmen, Maxi. Wenn du aber jetzt grad keine Zeit hast, dann kann ich ja später auch zu dir ins Büro kommen. Oder ich geh einfach zu deinem netten Kollegen, dem Herrn Hintermeier. Der ist immer so freundlich, und so hilfsbereit. Wirklich ein ganz ein feiner Mensch ist das.«
Ich merk schon dass ich sie nicht loswerde bevor sie mir nicht alles ganz ausführlich erzählt hat, was ich aber wahrscheinlich eh schon weiß. Aber besser ich bring das jetzt und hier hinter mich, als im Büro, oder beim Hintermeier. Also schaue ich zum Franzl rüber, der gerade mit den inzwischen eingetroffenen Rettungssanitätern beschäftigt ist, und frage ihn: »Du, Franzl? Kommst du nen Moment alleine klar? Ich müsste dann noch die Zeugenaussage von der Frau Feichtbauer aufnehmen.«
»Schon. Aber was willst du da aufnehmen? Mir war´n ja selber hautnah dabei, quasi.«
»Mei Franzl, ich find´s halt wichtig was uns die Frau

Feichtbauer zu sagen hat. Und du find´st das auch. Glaub´s mer.«
»Ja dann mach halt«, meint der Franzl, und fügt überflüssigerweise noch hinzu: »Aber schreib halt mal so, dass man´s nachher auch lesen kann. Weil sonst bringt´s ja wieder nix.«
»Klugscheißer«, denk ich mir und sag zur Resi: »Na Frau Feichtbauer, dann erzählen Sie doch mal, wie sie da den Unfallhergang beobachtet haben, und was ihrer Meinung nach da so alles passiert ist.«
»Also pass auf Maxi, das war so. Der kam mit dem Lieferwagen von da oben runter. Also der Niederstetter. Der war auch überhaupt gar nicht so schnell dran. Ja mehr so gerollt ist der. Aber gebremst hat er auch nicht wirklich. Der ist einfach weiter gefahren, bis er dann mitten auf der Kreuzung euern Polizeiwagen gestreift hat. Da ist dann die Stoßstange runtergefallen und der Lieferwagen ist dann noch bis zur Laterne auf der anderen Straßenseite weitergerollt. An der ist er dann wohl hängen geblieben, und ja, da steht er halt jetzt.«
»Tja Frau Feichtbauer, da haben Sie uns jetzt aber schon enorm weitergeholfen«, sage ich. »Weil so genau wie Sie, so hätten wir das ja niemals nicht beschreiben können. Ham Sie da vielleicht sonst noch was gesehen? Zum Beispiel was der Fahrer, also in dem Fall der Herr Niederstetter, da in seinem Auto so gemacht hat. Vielleicht hat er ja zum Fenster rausgeschaut, oder wem gewunken.«
»Also gewunken hat der auf gar keinen Fall«, stellt die Resi nach kurzem überlegen fest. »Ich glaub, der hat gar nix gemacht. Der ist einfach nur in dem Lieferwagen gehockt und über die Kreuzung gerollt.

Und jetzt ist er halt tot. Mei Maxi, müsst ihr dann seiner Frau das mitteilen, also dass der jetzt nicht mehr ist?«

»Ja wenn er eine Frau hatte, dann schon. Sonst eher nicht.«

»Ja sicher hatte der eine Frau. Der war ja mit der Eva verheiratet. Du weißt schon, die Tochter vom Moser Bauern. Der mit den vielen Rindviechern. Manch einer meint ja, dass es vielleicht sogar sein könnte, dass der Marcel die Eva nur deswegen geheiratet hat, weil sie ja so eine gute Partie ist. Immerhin ist die ja bestimmt 15 Jahre älter wie der Marcel. Und der Moser war ja schon immer dagegen. Der meinte, dass der Marcel ein Erbschleicher wäre und nur an sein Geld wollte. Deshalb wohnt ja auch die Eva nicht mehr daheim auf'm Hof. Also wenn du mich fragst, dann hat es da schon öfter mal nen handfesten Streit gegeben zwischen denen. Und der Moser ist ja auch immer gleich so aufbrausend. Aber man sagt ja nix, man red ja bloß. Und von mir weißt nix, gell Maxi?«

»Also von uns erfährt da niemand was«, sage ich. »Da können Sie ganz beruhigt sein. Wir handhaben solche Informationen immer ganz professionell und indiskret. Sonst würd ja auch keiner mehr der Polizei was erzählen. Und das wollen mir ja schließlich nicht, gell?«

»Da bin ich schon beruhigt Maxi. Weil weißt, da auf'm Land heraußen reden die Leut halt schon a wenig viel wenn der Tag lang ist.«

Pah! Das sagt ausgerechnet sie, das alte Waschweib. Bevor ich allerdings die passenden Worte für eine entsprechende Antwort finden kann, kommt auch schon der Franzl mit Neuigkeiten daher. »Du Max, der Arzt meint auch, dass der Niederstetter da gar nicht an dem Unfall gestorben sein kann, sondern wahrscheinlich vorher schon tot war, und deswegen überhaupt erst den Unfall gebaut hat. So spontan würde er auf eine Vergiftung tippen, meint er, also der Arzt.«

»Was?«, mischt sich die Resi ein. »Der Niederstetter soll schon tot gewesen sein bevor er den Unfall gebaut hat? Ihr seid´s mir ja zwei Helden. Wie soll denn bitteschön ein Toter überhaupt noch …«

»Ja Frau Feichtbauer, das lassen Sie jetzt vielleicht mal besser unser Problem sein«, würge ich sie ab. »Dafür sind ja mir hier die Profis, also um sowas rauszufinden. Ich denke mir ham´s dann jetzt eh mit ihrer Zeugenaussage. Falls mir da noch Fragen an Sie haben sollten, dann melden mir uns ganz gewiss nochmal bei ihnen. Schönen Tag noch, und auf Wiederschauen Frau Feichtbauer.«

»Ja aber Maxi, Franzl, ihr könnt´s…«, fängt sie wieder an.

»Ja, Sie können dann jetzt wirklich gehen«, unterbreche ich sie erneut, wende mich von ihr ab, und frag den Franzl: »Und was soll´n mir da jetzt mit dem Niederstetter machen? Soll´n mir dem vielleicht den Führerschein wegnehmen weil er in leblosem Zustand am Straßenverkehr teilgenommen hat, oder was?«

»Ja, ähh nein. Der fährt ja jetzt eh nirgendwo mehr hin, also in dem zustand meine ich. Aber den bringen´s jetzt zum Brenninger auf Traunstein, in die Rechtsmedizin, also zur Obduktion. Weil der wie gesagt ja vermutlich vorher schon tot war. Und da schaun´s halt mal rein in den Burschen, um das

rauszufinden, woran das da so gelegen haben könnte. Vielleicht war´s ja sogar Mord. Kann man ja nie wissen.«
»Also jetzt mal ganz ehrlich Franzl. Wie stellst du dir das vor? Der Niederstetter klingelt irgendwo um ein Paket abzugeben, der Empfänger bringt ihn daraufhin um, setzt ihn zurück in sein Auto, und lässt ihn dann die Straße runterrollen? Das ist doch totaler Schmarrn. Wenn überhaupt, dann hat er höchstens nen Herzinfarkt gehabt. Und das ist auch gut so. Weil dann brauchen mir da nicht zum ermitteln, und sparen uns nen Haufen Arbeit und Ärger.«
»Da hast jetzt natürlich auch wieder recht«, stimmt mir der Franzl zu. »Obwohl, ein klein wenig Action, so mit Mord und so, wär ja vielleicht auch mal ganz interessant. Sonst ist ja hier eh nix los, also da heraußen.«
»Ganz genau Franzl. Und das kann von mir aus auch so bleiben. Schließlich sind mer mir hier auf´m Land, und nicht in Chicago.«
Plötzlich reißt´s den Franzl: »Ach du Scheiße. Komm Max, beeil dich. Mir sind ja schon wieder viel zu spät dran.«
Ein kurzer Blick auf die Uhr verrät mir, dass der Franzl verdammt nochmal recht hat. Schon zehn nach zwölf. Was wiederrum heißt, dass bei seiner Mama, der Lissi, die eigentlich Elisabeth heißt, schon seit ganz genau zehn Minuten das Essen auf dem Tisch steht. Wir sind also wirklich spät dran. Und das mag die ja überhaupt mal grad gar nicht, dem Franzl sei Mama.
Ich gehe also schon mal zum Wagen, setz mich rein, und warte auf den Franzl. Denn der muss ja

unbedingt nochmal nach dem Niederstetter seinem Transporter schauen. Dabei bin ich mir absolut sicher, dass sich der Bertl vom Abschleppdienst schon ordentlich drum kümmern wird. Der macht sowas ja schließlich auch nicht zum ersten Mal. Aber egal, knapp zwei Minuten später ist der Franzl da. Und zwar mit einem Päckchen in der Hand. Während ich schon mal losfahre frag ich ihn: »Du Franzl, was hast'n du mit dem Backerl da vor? Das hast jetzt du aber nicht aus dem Niederstetter seinem Auto gestohlen, oder?«
»Was? Gestohlen? Ich?«, fragt der Franzl ganz entsetzt. »Naa, das gehört der Mama. Weil der Niederstetter ist ja jetzt quasi langfristig verhindert, also der kann's ja nicht mehr zustellen, verstehst? Und dann hab ich mir halt gedacht, nehm ich's ihr gleich mit. Dann brauch's nicht so lang warten, die Mama.«
»Mein Gott, Franzl. Sind wir jetzt doch in Chicago da, oder was? Das ist ja quasi wie Postraub, das was du da machst. Und was kommt dann? Als nächstes gehst dann wahrscheinlich auch noch mit der Dienstwaffe zum Klötzl auf die Bank und hebst für die Mama a Geld a, oder was?. Das geht doch so mal gar ned, Franzl. Das kapiert ja doch ein jeder Depp, dass das illegal ist.«
Ganz so dramatisch wie ich sieht's der Franzl allerdings nicht und meint nur: »Geh Max, schau her, das gehört doch eigentlich schon der Mama. Bloß hat er's halt jetzt nicht mehr abgeben können bei ihr. Und bei den vielen Paketen, die der Niederstetter da in seinem Auto drin hat, da wird sein Nachfolger bestimmt nicht böse sein, wenn er das ein oder andere

Päckchen weniger zum ausfahren hat.«
»Mag sein. Aber erwischen lassen brauchst dich nicht. Und damit eins klar ist: Ich weiß von nix. Aber von überhaupt gar nix.«

Gegessen wird um zwölf

Kaum sind wir bei dem Franzl seiner Mama angekommen, legt sie auch schon los: »Ja wo kommt´s denn ihr zwei jetzt her? Es ist ja schon zwanzig nach. Ihr wisst´s doch ganz genau, dass um zwölf das Essen auf´m Tisch steht. Da braucht´s euch nachher nicht beschweren wenn´s schon kalt ist, gell?. Außerdem, für was habt´s ihr denn überhaupt a Blaulicht auf´m Auto, wenn´s eh schon wisst, dass ihr spät dran seid´s.«
»Ja Lissi, uns ist halt was dazwischen gekommen. Dienstlich«, sage ich zu unserer Entschuldigung, während der Franzl ihr das Päckchen in die Hand drückt und meint: »Da Mama, das ist deins. Das hätte sonst wahrscheinlich ein wenig länger wie zwanzig Minuten gedauert.«
»Ach, habt´s den Niederstetter getroffen? Auf den hätte ich nämlich auch schon gewartet. Aber bei dem weiß man ja nie genau wann der kommt.«
»Getroffen nicht direkt«, sag ich. »Eher er uns. Und kommen wird der so schnell auch nicht mehr, vermute ich jetzt mal.«
»Wieso?«, will die Lissi wissen. »Habt´s ihr dem den Führerschein genommen, oder was? Aber jetzt hockt´s euch erstmal hin, sonst wird´s Essen nachher wirklich noch kalt.«
»Den Führerschein hätten wir ihm eigentlich ja schon nehmen können. Weil der ist uns ja direkt gegen den Streifenwagen gefahren, also hinten, so von der Seite quasi«, erklärt der Franzl seiner Mama. »Aber

nachdem der ja jetzt tot ist, da hat sich das ja dann quasi auch schon so irgendwie erledigt.«
»Was? Tot ist der? Wegen dem Unfall da mit euch? Ihr seid's aber hoffentlich ned dran Schuld, oder?«
»Naa Mama, der war wohl schon vorher tot. Also bevor er da gegen unsern Dienstwagen gekracht ist. Deshalb können mir ja da auch einen Mord nicht so ganz ausschließen.«
»So ein Schmarrn, Bub«, stellt die Lissi gleich fest. »Mord? Da, bei uns? Wer soll denn den Niederstetter umbringen wollen? Der hat doch nix. Aber wenn doch, dann könnte da vielleicht der Moser dahinter stecken. Das ist nämlich der Vater von der Eva, also dem Niederstetter seiner Frau. Die ham sich oft gestritten, die beiden. Erbschleicher hat er ihn genannt. Und auf der Hochzeitsfeier ham's sogar miteinander gerauft, und zwar gleich a so, dass der Marcel nachher direkt ein ganz ein blaues Auge hatte. Ja, dem Mooser würd ich das schon zutrauen. Weiß die Eva eigentlich schon was da passiert ist?«
»Nein Mama, das ham ja mir bis gerade selber nicht gewusst, also dass der Niederstetter verheiratet war. «
»Das stimmt jetzt so nicht ganz, Franzl«, sage ich. »Die Resi hat das vorhin auch schon gesagt. Und dass der Niederstetter und der Moser nicht gerade die besten Freunde waren, davon hat die auch schon gewusst.«
»Doch nicht etwa die Feichtbauer Resi?«, wirft die Lissi ein. »Der braucht's nämlich nix glauben. Die richt an jeden aus, bloß damit die auch was zum vererzählen hat. Die alte Hex die. «
»Doch«, sag ich. »Genau die hat das auch schon alles gewusst«, und der Franzl meint: »Und warum sagst

du mir nix davon? Das ist ja schließlich wichtig. Alleine schon wegen den weiteren Ermittlungen, also da den kriminaltechnischen.«
»Wollt ich ja, Franzl. Aber du warst ja mit dem Postraub beschäftigt, und da hab ich halt grad nicht mehr dran gedacht, dass ich's dir sag. Aber vergessen hab ich's deswegen noch lange nicht.«
»Was?«, fragt die Lissi entsetzt. »Die Poststelle ham's auch noch überfallen? Ja wo sind mir denn hier überhaupt? Da geht's ja zu wie bei den Schwerverbrechern.«
»Nicht direkt«, sag ich. »Aber der Franzl weiß schon was ich mein, gell Franzl?«
»Allerdings«, stimmt der mir etwas widerwillig zu, und schaufelt dabei genüsslich Mama's selbstgemachte Semmelknödel, mit reichlich saurer Lunge oben drauf, in sich rein. Und weil das Lüngerl von dem Franzl seiner Mama wiedermal so verdammt gut geworden ist, nehme ich mir auch noch einen ordentlichen Nachschlag.
»So ist recht. Schmeckt's euch wieder, gell?«, stellt die Lissi zufrieden fest, als genau in dem Moment dem Franzl sein Handy klingelt.
»Kruzifix! Nicht mal beim Essen hat man seine Ruhe«, brummelt der vor sich hin.
»Schalt's halt dann einfach aus«, sag ich. »So wichtig wird's schon nicht sein.«
»Sagst du. Das ist der Hintermeier. Bei dem ist doch alles wichtig. Schaun mer halt mal was er will, der feine Herr Hintermeier. Wahrscheinlich find er bloß die Kaffeefilter wieder nicht.«
Der Franzl geht also trotz meines Ratschlags ans Telefon, ist aber zu meiner Überraschung nach einer

knappen halben Minute schon wieder fertig. »Und? Was wollt er?«, frag ich.
»Ach, der wollt bloß wissen was mit dem Unfall ist. Und warum es da einen Toten gab, wovon ausgerechnet er noch nix weiß.«
»Ja woher weiß er es dann? Also ich mein, wenn er es nicht weiß, aber trotzdem schon weiß, dass er es eben doch nicht weiß. Hellseherische Fähigkeiten wird ja der bestimmt nicht haben. Sonst hätte ja der schon längst seinen Geldbeutel wieder gefunden, der seit vorgestern auf dem Handtuchspender in der Herrentoilette liegt. Also das kann man jetzt schon mal von vorneherein ausschließen.«
»Keine Ahnung«, meint der Franzl nach kurzem überlegen. »Aber wir sollen auf jeden Fall sofort zu ihm ins Büro kommen. Weil, er will nicht dumm sterben, hat er gemeint. Ich hab ihm gesagt, dass wir quasi schon so gut wie da sind.«
Da der Hintermeier jetzt erstmal beruhigt und mit warten beschäftigt ist, bleibt uns genug Zeit um gemütlich weiter zu essen. Allerdings taucht schon bald das nächste Problem auf. Weil nämlich das Lüngerl von der Lissi so gut war, sind wir so dermaßen satt, dass wir den Nachtisch, einen frischen Apfelkuchen, beim besten Willen nicht mehr schaffen. Also packt uns die Lissi ein paar Stückchen ein, für später. Sie meint´s halt immer gut mit uns.

Auf der Dienststelle angekommen, gehen wir direkt ins Büro vom Hintermeier, der uns schon sehnsüchtig zu erwarten scheint. »Ach, die Herren sind auch schon da«, legt er gleich los. »Vor einer dreiviertel Stunde sagten Sie mir, dass Sie schon so gut wie hier wären. Wo treiben Sie sich denn dauernd rum? In der Zeit kann ja schon wieder was weiß ich was alles passiert sein.«

»Ja wissen`s Herr Hintermeier«, sagt der Franzl und stellt den Kuchen von der Lissi auf dem Hintermeier seinem Schreibtisch ab. »Das ist wegen dem Geldbeutel. Also besser gesagt wegen ihrem Geldbeutel. Weil der ja jetzt immer noch verschwunden ist, und Sie sich ja jetzt so quasi erstmal nichts mehr zum essen kaufen können, da haben wir uns gedacht, dass wir ihnen vielleicht ein oder zwei Stückchen von dem frischen Apfelkuchen mitnehmen könnten. Da wird er sich sicher freuen, der Herr Hintermeier, haben wir uns so gedacht. Gell Max?«

»Ja, genau so haben wir uns das gedacht«, bestätige ich den Franzl. »Weil wir sind ja quasi fast sowas wie Kollegen, und da schaut man halt schon auf den anderen.«

»Och, das ist aber lieb von ihnen beiden. Das wäre wirklich nicht nötig gewesen. Meine Frau hat mir ja auch was eingepackt. Aber trotzdem vielen Dank. Wirklich sehr aufmerksam. Da sieht man mal wieder was gute Kollegen sind, die auch noch mitdenken und an ihren Chef denken. Aber wie ist das denn jetzt mit dem Unfall gewesen? Ich hab schon gehört, dass der Niederstetter wohl schon vorher verstorben sein soll. Also bevor er da ihren Streifenwagen gerammt hat. Wie kann das denn sein?«

»Tja Herr Hintermeier, da wissen´s jetzt eigentlich schon genau so viel wie mir«, sag ich. »Mehr ham mir da leider in der kurzen Zeit auch noch nicht herausfinden können. Außerdem müssen mir ja da noch das Ergebnis der Obduktion von dem Herrn Niederstetter abwarten. Weil solang mir nicht wirklich wissen, wieso der da jetzt eigentlich tot ist, solang können mir ja da quasi auch überhaupt nix machen.«

»Ja, gut. Haben Sie denn wenigstens schon die Witwe informiert?«, will der Hintermeier nun wissen.

»Noch nicht direkt«, wirft der Franzl ein. »Eigentlich wollten mir das ja vorhin schon machen, aber dann ham ja Sie uns da herbestellt, und den Kuchen mussten mir ja auch noch besorgen. Aber mir sind ja da quasi schon auf dem direkten Weg dahin, zu der Frau Niederstetter, also der Eva.«

»Ja dann machen Sie das doch. Worauf warten Sie noch? Die gute Frau hat ja schließlich ein Recht darauf zu erfahren was passiert ist. Aber tun Sie mir einen Gefallen, und gehen Sie mir ja etwas behutsam mit der Frau um. Das ist nämlich nicht leicht so einen Schicksalsschlag zu verkraften.«

»Keine Sorge, Herr Hintermeier«, schleimt der Franzl. »Da passen wir schon drauf auf, dass die Frau Niederstetter nicht gleich in Ohnmacht fällt, also wenn die erfährt dass ihr Mann jetzt nicht mehr ist.«

»Na da bin dann ja schon mal beruhigt. Also machen Sie mal. Ach ja, und bevor ich es vergesse. Da hat eine Frau Feichtbauer angerufen. Die wollte sich vergewissern, dass ihre Zeugenaussage auch wirklich vertraulich behandelt wird. Aber das hat sie ihnen sicherlich auch schon gesagt. Also halten Sie sich daran. Ich sag nur Zeugenschutz.«

»Ja aber das ist doch selbstverständlich für uns, Herr Hintermeier«, sag ich. »Wir behandeln grundsätzlich alle unsere Informationen äußerst indiskret. Was

meinen Sie, wie schnell sich hier auf dem Land sonst alles rumsprechen würde? Ach ja, und bevor ich´s vergess, einen neuen Dienstwagen würden mir dann noch brauchen. Weil unsern hat ja jetzt der Niederstetter kaputt gemacht, also quasi als er da so tot über die Kreuzung drüber gerollt ist.«
»Ja so schlimm ist das doch jetzt auch wieder nicht«, stellt der Hintermeier fest. »Wegen den paar Kleinigkeiten wird uns kaum jemand einen neuen Dienstwagen spendieren. Aber Sie haben natürlich recht, das gehört gemacht. Am besten ist, Sie bringen den Wagen einfach zu dem Eberl. Sie wissen schon, der, der für uns immer die Fahrzeuge abschleppt. Der hat doch eine Werkstatt bei seiner Tankstelle mit dabei. Da bringen Sie das Auto einfach hin und lassen es reparieren. Die Rechnung soll er dann gleich an die Versicherung vom Niederstetter schicken. Die werden das schon zahlen, und Sie haben dann wieder einen schicken Dienstwagen. Ja, genau so machen wir das.«
»Das ist super«, meldet sich der Franzl zu Wort. »Dann kann ich gleich beim Eberl in der Tankstelle noch Lotto spielen, also wenn wir eh schon mal da sind.«
»Na, sehen sie Max? Ihr Kollege findet die Idee auch gut. Muss ja nicht immer alles neu sein. Also können Sie ja jetzt wieder in Ruhe ihrer Pflicht nachgehen. Und wie gesagt, gehen Sie mir behutsam mit der Frau vom Niederstetter um. Nicht das mir da Klagen kommen.«
»Na das hat ja super geklappt«, denk ich mir, und während wir das Büro vom Hintermeier verlassen, sag ich zum Franzl: »Also das hätte es jetzt echt nicht

gebraucht.«
»Wieso?«, fragt der Franzl. »Das ist doch logisch, dass die Versicherung nur das bezahlt, was der Niederstetter auch kaputt gemacht hat, und uns nicht gleich ein komplett neues Auto kauft.«
»Nein, nicht das. Ich mein dass du dem Hintermeier den Kuchen gegeben hast. Das hätte echt nicht sein müssen. Der schöne Apfelkuchen. Da hätte ich mich jetzt wirklich schon drauf gefreut.«

Fingerspitzengefühl

Ohne Apfelkuchen, dafür aber mit der Stoßstange hinten im Kofferraum drin, machen wir uns auf den Weg zu dem Niederstetter seiner Frau, also seiner Witwe. Weil aber dem Eberl Herbert seine Tankstelle quasi direkt auf dem Weg dahin liegt, und der Bertl eh gerade draußen vor der Werkstatt steht, halten wir gleich mal bei ihm an.
»Ja wie kommt´s denn ihr zwei Halunken daher?«, begrüßt uns der Bertl. »Habt´s ihr die Stoßstange nicht mehr mögen, weil´s ihr die da so im Kofferraum drinnen spazieren fahrt´s?«
»Schmarrn Bertl«, sag ich. »Uns hätte die ja schon noch ganz gut gefallen, aber dann ist uns da der Lieferwagen dagegen gefahren. Da ham ja mir nix dafür können. Weißt eh. Hast ihn ja selber abgeschleppt.«
»Schon. Aber sagt´s mal, stimmt das, dass der Niederstetter schon vor dem Unfall tot gewesen sein soll?«
»So ganz genau steht das ja jetzt noch nicht fest. Aber das könnt schon sein. Woher weißt jetzt du das schon wieder?«, fragt ihn der Franzl.
»Ja, halt so. Die Leut reden halt.«
»Ja, die Leute kennen wir schon«, sag ich. »Aber sag mal Bertl, kannst uns du das da vielleicht irgendwie richten? Der Hintermeier hat nämlich schon gemeint, dass das unbedingt hergerichtet gehört. Weißt schon, so wegen dem Erscheinungsbild und so.«
»Können tu ich schon, aber das dauert halt a bisserl.

Weil ihr braucht's ja ne neue Rückleuchte, ne neue Stoßstange, naja, und das Blech bekomm ich vielleicht so wieder hin. Aber wer zahlt dann das überhaupt? Ihr ja wohl sicher nicht, oder?«
»Nein«, sag ich. »Der Hintermeier hat gesagt, dass du das gleich mit der Versicherung vom Niederstetter abrechnen kannst. Die wissen da quasi schon bescheid, glaub ich jedenfalls.«
»Na gut. Wenn das so ist, dann bestell ich die Teile und ruf euch an wenn alles da ist. Dann richte ich euch das Schätzchen schon wieder her.«
»Super Bertl. Aber meinst du nicht, dass du uns vielleicht schon mal die Stoßstange wieder einigermaßen hinmachen kannst?«, frag ich den Bertl. »Nur so dass die irgendwie dran ist. Muss ja nicht schön sein. Weil die liegt da im Kofferraum ja grad so ganz schlecht. Den können wir ja noch nicht mal mehr zusperren. Und du weißt ja selber, ein offenes Polizeiauto, das ist ja jetzt irgendwie auch a bisserl blöd.«
»Ihr habt's Wünsche«, stellt der Bertl kopfschüttelnd fest. »Aber ich probier's halt mal.«

Während der Bertl versucht uns provisorisch die Stoßstange wieder ans Auto zu basteln, schauen wir mal in die Tankstelle zur Susi. Die Susi ist nämlich die Tochter vom Bertl, und wirklich eine ganz eine nette Person. Außerdem kümmert's sich um die Tankstelle, weil der Bertl hat ja schon genug mit dem Abschleppdienst und der Werkstatt zum tun.
»Servus Susi«, begrüße ich sie, als ich zusammen mit dem Franzl in die Tankstelle komme.
»Ja grüß dich Max, servus Franzl. Seit's ihr auch

wieder mal da? Ich hab schon gedacht ihr kommt´s gar nicht mehr, weil ihr doch jetzt bestimmt so viel zu tun habt. Also wegen dem Niederstetter mein ich.«
»Ach, das ist halb so wild Susi«, sage ich. »Alles unter Kontrolle. Machst uns mal zwei Kaffee, wie immer halt. Eigentlich wollten mir ja grad zu der Frau vom Niederstetter, weil die weiß ja noch nix von dem Unglück. Aber der Bertl muss da erst noch was an unserm Auto richten. Du sag mal, hast du vielleicht auch nen Kuchen da? Apfel wär nicht schlecht.«
»Tut mir leid Max. Der Kuchen ist schon aus. Aber nen Krapfen kannst noch haben, wenn du magst.«
»Ach, dann lass mal lieber gut sein. Mir wär halt nach Apfelkuchen gewesen. Weil eigentlich hätten mir ja einen gehabt, aber der Franzl musste den ja unbedingt dem Hintermeier geben, weil der seinen Geldbeutel verlegt hat, gell Franzl?«
»Mei Max, jetzt hör halt mal mit dem Kuchen auf«, meint der Franzl daraufhin. »Das war ja quasi so eine Art dienstliche Notwendigkeit. Also damit sich der Hintermeier nicht so aufregen tut, nur weil er vielleicht ein wenig einen Unterzucker hat oder so.«
»Unterzucker, der Hintermeier? So ein Schmarrn, Franzl. Der einzige der jetzt hier gleich einen Unterzucker bekommt, das bin doch ich. Und das auch nur wegen dir und dem Hintermeier. Dabei würde dem mal ein wenig abnehmen gar nicht schaden.«
»Dann nimm halt vielleicht doch lieber nen Krapfen. Die schaun doch gut aus. Nur so quasi als Übergangslösung, also bevor du mir jetzt da umfällst.«

»Glaub mir Franzl, ganz so schlimm ist's wirklich noch nicht«, sag ich und geh mit meinem Kaffee zu einem der Stehtische, während der Franzl der Susi seinen Lottoschein zum überprüfen gibt.
»Na dann schauen wir doch mal, Franzl«, meint die Susi mit einem Augenzwinkern. »Vielleicht hast ja du den 6er vom letzten Wochenende. Der wurde nämlich da bei uns gespielt.«
»Was? Ein 6er? Da bei uns?«, fragt der Franzl ganz ungläubig. »Das täte mich aber dann schon interessieren, wer jetzt da gewonnen hat. Vielleicht bin das ja ich. Geh Susi, schau halt schnell nach.«
»Ich schau schon, aber, nee Franzl, da ist gar nix drauf. Dann holst halt beim nächsten Mal gleich den Jackpot. Der 6er lohnt sich ja eh kaum, ne knappe dreiviertel Million war's diesmal. Da kannst ja noch nicht mal zum arbeiten aufhören.«
»Ja, da hast Recht, Susi. Aber schön wär's trotzdem gewesen«, stellt der Franzl enttäuscht fest, und kommt mit seinem Kaffee zu mir rüber an den Stehtisch.
Kaum steht er da, da geht auch schon die Türe von dem Bertl seiner Tankstelle auf, und die Feichtbauer Resi kommt rein, kramt in ihrer Tasche umeinander, und zieht einen Lottoschein raus. »Magst wetten Franzl, die hat jetzt was, die alte Hexe«, sag ich zu ihm.
»Was soll denn die schon haben? Die sieht ja wahrscheinlich noch nicht mal was sie da ankreuzt, die Resi.«
»Also mich würde es nicht wundern, wenn die, die Lottozahlen schon eine Woche vorher kennt. Weil weißt Franzl, sonst weiß sie ja auch schon immer

alles bevor andere was wissen.«
»Schmarrn Max«, meint der Franzl.» Die kann doch froh sein wenn der Schein überhaupt noch gültig ist.«
»Wollen wir wetten, Franzl.«
»Ok Max, um den Kaffee.«
»Ok, um den Kaffee, und ein Stück Apfelkuchen.«
»Wenn´s sein muss, dann von mir aus auch noch um ein Stück Apfelkuchen«, willigt der Franzl ein.

Noch keine Minute später sagt die Susi zu der Resi: »Na Frau Feichtbauer, da ham sie ja richtig Glück gehabt. Ein 4er ist´s geworden. Schauen´s her, dann kriegen´s von mir 43 Euro und 80 Cent.«
»Da schaust, gell?«, sag ich zum Franzl.»Was hab ich dir gesagt? Die alte Hexe hat da mehr Glück wie unsereins. Weiß der Geier wie die das macht.«
»Ja Max, meinst nicht dass das bloß Zufall ist? Die wird doch nicht wirklich die Zahlen schon vorher wissen, oder? Weil sonst tät ja die doch bestimmt gleich alle richtig ankreuzen.«
»Natürlich weiß sie´s nicht vorher, Franzl. Aber Glück hat´s halt. Apropos Glück, wo ist eigentlich mein Apfelkuchen, den du mir noch schuldest?«
»Ja mei, da müssen mir halt nachher noch bei der Mama vorbeischauen. Die wird schon noch einen haben.«

Jedenfalls packt die Resi erstmal ihren Gewinn ein, und grinsen tut sie dabei, die alte Hexe.»Hoffentlich kommt die jetzt nicht auch noch her und quatscht mich wieder voll«, denk ich mir. Aber anscheinend hab ich auch mal Glück. Denn die Resi geht schnurstracks Richtung Ausgang, wo ihr sogar noch

eine andere Frau die Türe aufhält. Perfekt. Also fast perfekt. Denn genau auf Höhe der anderen Frau bleibt die Resi stehen, schaut die Frau kurz an, und sagt dann zu ihr: »Ja grüß Gott Frau Niederstetter. Mei wissen´s, ich hab´s auch schon gehört, und das ist ja wirklich so schrecklich, das was da mit ihrem Mann passiert ist.«
Der Franzl und ich schauen uns ungläubig an, während die offenbare Frau vom Niederstetter die Resi fragt: »Wieso? Was ist denn passiert? Hat der Marcel nen Unfall gehabt, oder was ist los?«
»Ja, wissen´s Frau Niederstetter, der Marcel hat da schon so nen Unfall gehabt«, gehe ich dazwischen, bevor die alte Hexe alles noch schlimmer macht.
»Ja, und? Ist es was schlimmes? Hat er sich verletzt? Liegt er im Krankenhaus? «, will sie wissen.
»Also im Krankenhaus ist ihr Mann schon mal nicht, Frau Niederstetter", versuche ich sie zu beruhigen.
»Weil wissen´s, das ist ja so, dass wir, also der Kollege und ich, wir waren ja quasi eh gerade auf dem Weg zu ihnen. Aber dann ham mir halt hier noch schnell vorbeischauen müssen, weil wissen´s, das ist quasi wegen unserm Dienstwagen, den ihr Mann da angefahren hat.«
»Was? Etwa der Polizeiwagen mit der angeflickten Stoßstange da draußen?«, fragt die Niederstetter in zickigem Ton. »Dann kann´s ja echt nicht so schlimm sein. Und deswegen jagen Sie mir hier so einen Schrecken ein? Ich hab schon gedacht es wäre wer weiß was passiert.«
»Also einen Schrecken wollten wir ihnen ganz bestimmt nicht einjagen«, sage ich, und der Franzl fügt noch hinzu: »Ja genau. Und das mit unserm

Dienstauto, das ist ja jetzt auch wirklich nicht so schlimm, also so wie das ausschaut. Und das hat er ja auch ganz bestimmt nicht mit Absicht gemacht, der Marcel. Der hat ja da quasi eigentlich gar nix dafür können. Weil als uns der da reingefahren ist, da war der ja schließlich schon tot.«
Mit einmal wird die Niederstetter ganz blass und bekommt einen ganz starren Blick. »Was?«, fragt sie leise. »Tot? Der Marcel?«
»Ja, Frau Niederstetter, das ist uns ja auch irgendwie unangenehm«, meint der Franzl. »Aber wissen's, der ist ja schon vor dem Unfall tot gewesen, und wir haben keine Ahnung warum das da so war. Vielleicht hat er ja ein schwaches Herz gehabt, ihr Mann. Jedenfalls ist er jetzt erstmal beim Brenninger in der Rechtsmedizin. Der schneidet den da so ein wenig auf, und dann kann uns der ganz bestimmt sagen, was dem da genau gefehlt hat, also dem Marcel.«
»Das ist jetzt nicht ihr Ernst, oder?«
»Doch, doch, das ist schon so wie der Kollege sagt«, kann ich den Franzl nur bestätigen. »Aber morgen wissen mer mir dann da schon wieder viel mehr.«
»Entschuldigen Sie, aber ich glaub, ich muss hier weg«, meint daraufhin die Niederstetter, dreht sich um, und läuft zu ihrem Auto.
»Wir melden uns dann bei ihnen, wenn wir sicher wissen warum ihr Mann denn jetzt tot ist, gell Frau Niederstetter?«, ruft ihr der Franzl noch nach. Aber die Niederstetter steigt einfach ein und fährt mit quietschenden Reifen davon.
»Na das habt's aber jetzt aber wieder gut hinbekommen, ihr zwei Helden«, meldet sich die Resi überflüssigerweise zu Wort, und verlässt

kopfschüttelnd die Tankstelle.
»Ja was ham denn die auf einmal alle«, fragt mich der Franzl. »Die tun ja direkt so, also ob wir Schuld daran wären, dass der Niederstetter jetzt tot ist.«
»Schmarrn Franzl«, meint die Susi. »Aber ein bisschen ein Fingerspitzengefühl wär vielleicht auch nicht schlecht gewesen. Außerdem hat die Niederstetter jetzt nicht bezahlt. Die hat nämlich für 30 Euro getankt. Was sollen wir da jetzt machen? Denn eigentlich müsst ich ja jetzt die Polizei rufen, aber ihr seid's ja eh schon da.«
»Ach, das ist halb so wild«, sag ich zur Susi. »Wahrscheinlich hat sie's bloß vergessen, in dem Moment. Das legt sicher der Franzl derweil aus, gell Franzl? Musst ja eh noch den Kaffee zahlen. Aber nimm die Quittung mit, also wegen der Niederstetter, sonst kriegst du's nachher nicht wieder von ihr.«

Während der Franzl also bezahlt, geh ich schon mal raus und schau wie weit der Bertl mit unserm Auto ist. »Und, Bertl? Brauchst noch lang?«, frag ich ihn.
»Ist schon fertig. Aber halt echt nur provisorisch, bis halt eben die neue Teile kommen.«
»Aha«, sag ich. »Aber die Klebestreifen da rund um die Stoßstange, die kann man dann schon wieder runter machen, also wenn's trocken ist, oder?«
»Wie, was, trocken? Da wird nix trocken. Wenn du das Klebeband runterziehst, dann kommt die ganze Stoßstange daher. Anders ging's halt grad nicht. Wenn die Neue da ist, dann können mir's wieder runter machen. Vorher nicht.«
»Ja aber wie schaut denn das aus, Bertl? Hast da nix anderes gehabt als wie ausgerechnet ein rotes

Klebeband? Da meint ja jeder gleich, dass mir da vom Faschingsumzug übergeblieben sind, oder sonst noch was schlimmeres. Die nehmen uns doch gar nicht mehr ernst, die Leute, mit dem Zeug da auf'm Auto.«
»Ein anderes hab grad ich nicht da. Aber wenn's du meinst, dann können mir's ja auch gerne wieder runter machen, die Stoßstange. Dann fahrt's halt ohne.«
»Na jetzt ist auch schon wurscht. Dann lass halt dran. Aber wenn mich jemand fragt, wem der Schmarrn da eingefallen ist, dann sag ich schon dass das deine Idee war, da mit dem roten Klebeband. Das weißt du schon, gell?«
»Ja ja, ist schon recht«, meint der Bertl. »Müsst's halt mal ein paar Nachtschichten machen, dann sieht's keiner. Weil weißt ja, im dunkeln sind alle Katzen grau.«
»Nachtschicht?«, frag ich. »So einen Schmarrn fangen uns mir doch gar nicht erst an. Da passiert ja nix, da bei uns da heraußen auf'm Land. Und überhaupt, wer soll dann tagsüber nach dem rechten schauen? Mir sind doch bloß zu zweit. Ja gut, und der Hintermeier halt. Aber der wird's bestimmt nicht machen. Ist aber wahrscheinlich auch besser so, weil sonst ham mir hier ruck zuck das komplette Chaos. Der find ja noch nicht mal mehr seinen Geldbeutel. Wie soll dann ausgerechnet der da für Recht und Ordnung sorgen. Naa, das wird nix.«
Völlig aufgelöst kommt in dem Moment der Franzl aus der Tankstelle gelaufen. »Max, Max! Stell dir vor, der Brenninger hat gerade angerufen. Und der sagt, dass der Niederstetter tatsächlich vergiftet

worden ist, mit irgendeinem Nitrophenoldingsda Zeug.«
»Wie jetzt? Was für ein Nitrophenoldingsda Zeug?«, frag ich den Franzl überrascht. »Hat der vielleicht zu viel am Pinselreiniger gerochen, oder was soll das jetzt heißen?«
»Nein Max, das ist E 605. Ein ganz ein hochgiftiges Gift ist das, sagt der Brenninger. Und wahrscheinlich war das da in seinem Tee drin gewesen. Also ham mir da jetzt nen echten Mord. Weil selber wird er sich's ja nicht da reingeschüttet haben, das Gift, also der Niederstetter. Und anscheinend hat er gestern noch mal richtig einen drauf gemacht, denn einen Restalkohol von 0,6 Promille hat er auch noch gehabt.«
»Ja, und was ist wenn der bloß nicht mehr mögen hat, und sich dann quasi da selbst umgebracht hat?«, mutmaßt der Bertl.
»Ja genau, Bertl«, sag ich. »Wenn sich wer umbringen will, dann geht er in den Wald oder bleibt zuhause. Aber der geht bestimmt nicht zur Arbeit und fährt mit dem Auto umeinander. So ein Schmarrn. Weißt Bertl, du magst zwar ein guter Mechaniker sein, aber als Kriminologe bist du ein ganz ein schlechter. Bei dir täten's alle frei rumlaufen, die Verbrecher.«
»Und was machen mir dann jetzt?«, will der Franzl wissen. »Fahren mir vielleicht gleich mal da zu der Niederstetter hin? Weil mir ham der ja schließlich gesagt, dass mir ihr quasi gleich bescheid geben, also wenn mir da was neues wissen. Außerdem schuldet mir die noch 30 Euro wegen dem tanken.«
»Entschuldigt's wenn ich mich schon wieder

einmische«, meldet sich der Bertl erneut zu Wort. »Aber wenn jetzt die Niederstetter ihrem Mann das Gift in den Tee getan hat, dann ist ja die quasi schon vorgewarnt wenn ihr der das jetzt sagt. Weil die weiß ja dann, dass ihr wisst, dass dem Marcel jemand das Gift da rein getan hat.«

»Also Bertl«, sag ich. »vielleicht bist du doch kein so guter Mechaniker. Nein, der Niederstetter sagen mir besser erstmal nix, sonst macht die sich noch aus dem Staub. Also nur falls sie es denn war. Aber weißt was, Franzl? Mir könnten ja mal bei der Geislinger Bärbel in der Apotheke vorbeischauen. Vielleicht hat ja bei der wer das Gift gekauft, oder die weiß wo man das sonst so herbekommt. Weil, das wird man ja nicht gerade in jedem Supermarkt kaufen können.«

»Gute Idee«, meint der Franzl. Also machen wir uns mit unserm provisorisch zusammengeklebten Dienstwagen auf den Weg zur Bärbel.

Bauernsprechstunde

Bei der Geislinger Bärbel in der Apotheke angekommen, fragt uns die gleich: »Grüßt euch ihr beiden. Seit's beim ausparken wo angegangen und dann habt's es schnell selber geflickt, oder was ist mit euerm Auto passiert?«, und deutet dabei auf unseren Streifenwagen.
»Ach das«, sag ich. »Naa, das war der Eberl von der Tankstelle. Also das mit dem Klebeband. Das andere war quasi mehr ein Unfall. Aber warum mer mir eigentlich da sind, Bärbel: Hast du vielleicht ein E 605 da?«
»Wieso? Wollt's jemand umbringen, oder was habt's damit vor?«
»Ja, vielleicht auch das. Aber mir ham da in nem Mordfall zu ermitteln, und da bräuchten mir halt mal ein paar Informationen über das Gift da.«
»Ach, dann seit's ihr quasi wegen dem Niederstetter da. Ist der jetzt doch ermordet worden?«
»Woher weißt jetzt du das schon wieder?«, fragt der Franzl die Bärbel.
»Ja weißt Franzl, die Feichtbauer Resi war vorhin da, und die war ja quasi direkt daneben gestanden als das passiert ist. Und die hat halt eben gemeint, dass der Niederstetter wohl schon vor dem eigentlichen Unfall tot gewesen sein soll. Aber das wisst's ja bestimmt schon selbst.«
»Das wissen mir allerdings schon so ziemlich ganz genau«, sag ich. »Und was ist jetzt mit dem E 605? Gibt's da was bei dir?«

»Da seit´s ein bisserl spät dran, Max. Weil euer E605 heißt eigentlich Parathion. Im Volksmund wird´s aber auch Schwiegermuttergift genannt, weil früher wohl schon öfter mal der ein oder andere ungeliebte Schwiegersohn damit um die Ecke gebracht worden ist. Wisst´s schon, die Schwiegermutter kocht was feines, ein bisserl ein Gift mit rein, und schon ist das Problem gelost. Konnte man also auch zum kochen hernehmen, obwohl das ja eigentlich ein Pflanzenschutzmittel gegen Insekten war, und das ist allerdings dann 2001 oder 2002 Europaweit verboten worden. Das bekommt´s also quasi nirgendwo mehr. Höchstens dass vielleicht noch irgendeiner von den alten Bauer was davon rumstehen hat. Aber sonst schaut´s da eher schlecht aus.«
»Na klar, der Moser«, schießt´s mir sofort durch den Kopf, und der Franzl frage die Bärbel: »Und dass man das von woanders, also quasi aus dem Ausland bekommt, so über´s Internet, das wär doch vielleicht auch möglich, oder?«
»Das glaub ich eher nicht, Franzl«, meint die daraufhin. »Weil da wird ja alles vom Zoll kontrolliert, und die passen da schon auf drauf, dass da nix reinkommt von so Sachen. Ist ja schließlich verboten.«
»Tja, Franzl«, sag ich zum Spaß. »Dann wird´s heut wohl nix mehr mit Hexe vergiften, wenn das Zeug so schwer zu bekommen ist. Hat sie halt grad nochmal Glück gehabt.«
»Wieso?«, fragt daraufhin die Bärbel gleich. »Wollt´s ihr etwa dem Franzl seine Mama vergiften, oder was? Das ist doch so eine ganz eine liebe Frau. Also ehrlich, dass euch da nicht schämen tut´s.«

„Naa Bärbel, Missverständnis. Ganz großes Missverständnis sogar«, sag ich. »Das war nur so als kleiner Scherz am Rande gedacht, also quasi ein Witz. Ich würde ja gar nie nicht die Lissi als Hexe bezeichnen. Aber der Franzl weiß schon wen ich da meinen tu. Und überhaupt fällt mir gerade ein, dass mir ja schon wieder los müssen. Weil mir müssten da ja direkt noch bei der Lissi vorbeischauen, wegen dem Apfelkuchen den der Franzl beim wetten verloren hat, gell Franzl?«
»Ja schon, Max.«, stimmt mir der Franzl zu. »Aber vorher müssten mir halt nochmal bei der Susi vorbeifahren, weil ich hab da nämlich die Tankquittung von der Niederstetter liegenlassen, in der ganzen Hektik da.«
»Na ich seh schon, ihr zwei habt´s einen richtigen Stress«, stellt die Bärbel zu Recht fest.

Nachdem wir uns von der Bärbel verabschiedet haben und wieder im Dienstwagen sitzen, um dem Franzl seine Tankquittung zu holen, frag ich ihn:
»Sag mal Franzl, glaubst du eigentlich auch das was ich glaub?«
»Was denn, Max? Meinst du etwa auch, dass da schon jemand anderes vielleicht die Tankquittung eingesteckt hat, quasi so aus Versehen? Das wär echt saublöd, weil dann tät mir die Niederstetter ja bestimmt nicht die 30 Euro zurückgeben.«
»Nein Franzl, ich mein das was die Bärbel mit dem Gift gesagt hat. Das vielleicht so alte Bauern noch was davon rumstehen haben könnten. Und wie wir ja wissen, ist ja der Moser auch so einer, und nicht grad der beste Freund vom Niederstetter gewesen. Da

könnt man doch glatt den Verdacht haben, dass der da vielleicht was damit zum tun hat, der alte Moser.«
»Mensch Max, das ist ja gar nicht so abwegig. Dann wär ja das in dem Fall gar kein Schwiegermuttergift, sondern quasi mehr so eine Art Schwiegervatergift. Es muss ja auch nicht immer die Mutter sein. Auf jeden Fall sollten mir uns den aber mal näher anschauen, den Moser. Am besten wär sogar, wenn wir dem eine Falle stellen würden. Weißt schon, so wo er sich nix böses dabei denkt, und dann zapzarapp, schnappt´s zu die Falle, und mir ham unsern Mörder.«
»Sag mal Franzl, Krimis schaust aber du dir auch öfters mal im Fernehen an, oder?«
»Wieso?«
»Ach, nur so.«

Während der Franzl schnell zur Susi reinhuscht um seine Tankquittung zu holen und ich im Auto auf ihn warte, überlege ich mir, wie wir dem Moser am besten auf die Schliche kommen könnten. Allerdings ist der Franzl schneller wieder zurück als ich dachte. Und grinsen tut er auch noch wie ein Honigkuchenpferd. »Und Franzl, hast jetzt deine Quittung?«, frag ich ihn als er wieder ins Auto steigt.
»Jawohl Max. Die Susi hat´s mir auf die Seiten gelegt, weil sie sich´s schon gedacht hat, dass ich´s noch brauchen würde. Ist halt schon ein echter Schatz, die Susi.«
»Na dann ist ja das wenigstens schon mal geklärt. Und was machen mir jetzt? Fahren mer mir zum Moser raus? Oder magst vielleicht erst noch deine Quittung einlösen, bei der Niederstetter?«

»Naja«, überlegt der Franzl. »Es wär schon nicht schlecht, wenn mir die Niederstetter das Geld gleich geben würde. Weil nicht dass die nachher weg ist, also nur falls es doch sie war, die den Marcel da vergiftet hat. Andererseits, wenn´s doch der Moser war, dann könnt ich das Geld ja auch nachher noch bei der Niederstetter abholen, denn dann hätte die ja überhaupt keinen Grund zum weglaufen. Das ist jetzt irgendwie schwierig. Ach, weißt was Max, fahren mir halt erstmal zum Moser raus. Weil ich glaub ja schon, dass das der war, der den Niederstetter da um die Ecke gebracht hat.«
»Na gut, schauen mir mal beim Moser vorbei. Ist deine Entscheidung. Nur müssen mir uns halt noch überlegen, wie mir den am besten packen können. Weil so von alleine wird´s der ja auch nicht zugeben, also dass er da der Mörder ist.«
»Ja, da müssen mir uns halt noch was einfallen lassen.«

Kurz bevor wir beim Moser in den Hof einbiegen, hat dann der Franzl auch tatsächlich eine Idee. »Ich hab´s Max. Wenn mer mir dem Moser einfach erzählen, dass der Niederstetter sich da quasi selbst umgebracht hat, dann gibt´s ja auch überhauptkeinen Mörder den mir da suchen müssten. Also braucht der Moser auch gar keine Angst haben, dass wir da was von ihm wollen. Weil wenn der nicht weiß, dass wir einen Mörder suchen, dann kommt der auch nicht drauf, dass wir ja quasi wissen, dass er es war. Und dann verrät sich der vielleicht am Ende noch selbst.«
»Klingt ein bisserl kompliziert, könnte aber klappen. Also probieren mer´s halt einfach aus, dann werden

mer´s mir schon sehen.«

Als wir auf dem Hof vom Moser Bauern aussteigen, ist seine Frau gerade damit beschäftigt die Wäsche aufzuhängen. Ohne ihre Arbeit zu unterbrechen, oder uns auch nur einen Blick zuzuwerfen, fängt sie gleich an zu pulvern: »Was wollt´s jetzt ihr da? Wenn euch der Vielhuber schickt, dann könnt´s euch gleich wieder schleichen. Mir ham sein geschissen´s Brennholz ned. Und sagt´s ihm gleich, dass er sich da ja nicht mehr blicken lassen soll, weil sonst passiert was.«
»So? Was passiert denn dann, Frau Moser?«, fragt der Franzl gleich. »Wollen´s den Vielhuber dann vielleicht ein wenig vergiften, oder was haben sie sich da so vorgestellt?«
»Was? Vergiften? So ein Schmarrn. Schläge kriegt er, wenn er sich da nochmal her traut und sein Schandmaul nicht halten kann, der Lügenbaron, der greislige.«
»Ja gut, aber wegen dem sind ja mir eigentlich gar nicht da, Frau Moser«, sag ich zu ihr. »Wir kommen da eher wegen dem Marcel, also ihrem Schwiegersohn.«
»Was? Und der schickt uns die Polizei da her, der Rotzkrippel? Oder hat er vielleicht was ausgefressen? Das tät ich ihm nämlich schon eher zutrauen.«
»Also ausgefressen hat er nix«, stellt der Franzl fest. »Und geschickt hat er uns auch nicht, jedenfalls nicht direkt. Kann er ja jetzt auch irgendwie nicht mehr. Weil der ist nämlich tot, also umgebracht hat er sich quasi, der Marcel.«
»Was? Umgebracht hat er sich?«, fragt die Moserin

ohne größere Emotionen zu zeigen. »Na das passt ja zu dem, diesem Versager, diesem elendigen. Und was wollt's dann jetzt da bei uns?«
»Also eigentlich hätten mir ja da nur mal kurz mit ihrem Mann, also mit dem Georg sprechen wollen. Quasi bloß so mal, halt eben, wissen's?«, stammel ich mir zurecht, weil mir einfach gerade kein wirklicher Grund einfällt, weshalb wir jetzt da wären, außer wegen Mord.
»Der ist bei den Bullen.«
»Was?«, fragt der Franzl überrascht. »Etwa bei uns auf der Dienststelle? Beim Hintermeier? Was will er denn da?«
»Naa, nicht bei euch auf'm Revier. Der Schorsch ist hinten im Stall bei den Viechern. Braucht's bloß hinter gehen.«

»Also direkt mögen hat die ihn nicht, den Niederstetter«, stellt der Franzl auf dem Weg zum Stall fest.
»Naa«, sag ich. »Das glaub ich allerdings auch nicht. Aber umgebracht hat sie ihn deswegen noch lang nicht. Der war's eher wurscht, denk ich mal. Jetzt schauen mir halt erstmal wie der Moser reagiert. Vielleicht bringt uns der ja weiter.«
Schon beim öffnen der Stalltüre wird allerdings schnell klar, dass der Moser ungefähr die gleiche Laune hat wie seine Frau. »Macht's dir Tür zu«, ruft er uns gleich entgegen. »Ihr verschreckt's mir ja die ganzen Viecher. Und wenn euch der Vielhuber schickt, der Hundskippel der verreckte, dann könnt's euch gleich wieder schleichen. Mir ham mer nix was ihm gehört. Und blicken lassen brauch er sich da

auch nicht mehr, sonst kriegt er mal a sauberne Watschen, die Drecksau, die elendige.«
»Also sagen´s mal Herr Moser, den Vielhuber scheint ja hier bei ihnen auf´m Hof wirklich niemand zu mögen.«, frag ich mal vorsichtig nach. »Ham Sie da irgendein Problem mit dem. Also ich mein, das ist ja schließlich doch ihr Nachbar, und da heraußen ist man ja vielleicht doch auch mal auf den anderen angewiesen, also hin und wieder, gelegentlich.«
„Was? Ich auf den angewiesen? Auf den verlogenen Hund, den matzigen? Gewiss ned", schießt der Moser gleich weiter gegen den Vielhuber. »Wisst´s ihr eigentlich, dass der die ganzen Märchen nur erzählt, weil sein dreckig´s Fleisch kei Sau ned ham mog? Und über uns tät er erzählen, dass mer mir unsere Viecher mit Antibiotika füttern würden. Dabei sind mir ein Biohof, ein nachgewiesener. Und jetzt soll ich ihm auch noch sein Brennholz gestohlen haben, sein verfaultes. Desderwegen seit´s doch do, oder? Aber i sag´s euch glei: I hob´s ned, sei Gelump, sei beschissen´s. Aber der brauch sich fei ned wundern, wenn da irgendwann a´moi da Watschenbaum umfoid, die Drecksau, die dreckerte.«
»Also das ist ja schon sehr interessant, so wie Sie sich da so reinsteigern«, meint der Franzl. »Aber deswegen sind ja mir gar nicht da. Weil von dem Brennholz, da ham ja mir bisher auch noch überhaupt gar nix gewusst. Weil wissen´s Herr Moser, mir sind ja eigentlich wegen ihrem Schwiegersohn, also dem Marcel gekommen. Der hat sich nämlich umgebracht, und jetzt wollten mir halt mal schauen, wie das da alles so ist, mit dem Selbstmord und so. Weil der muss ja irgendwo, muss ja der das Gift hergehabt

haben. Aber das wissen ja mir eben noch nicht. Vielleicht hat er's ja auch wo gestohlen, bei ihnen vielleicht, oder so.«
»Also von uns vom Hof kann er's garantiert nicht haben«, klärt uns der Moser auf. »Weil mir ham sowas nicht. Überhaupt keine Chemie ham mir. Weil wir sind ja ein Biohof, ein anerkannter. Aber der Vielhuber, der Kruzifix, der ist so ein Chemiepanscher, der könnt sowas ham. Aber dass der Marcel sich ausgerechnet jetzt umbringt, das versteh ich nicht.«
»Wieso ausgerechnet jetzt?«, frag ich den Moser.
»Und was verstehen Sie da nicht? Ich denk Sie ham ihn eh nicht leiden können, ihren Schwiegersohn, also den Marcel. Sogar als Erbschleicher soll'n Sie ihn bezeichnet haben. Und gerauft habt's ja auch schon mal.«
»Ja, schon. Aber wisst's, die Eva hat ja den Marcel wirklich geliebt, und er sie auch. Weil ein anderer wäre ja schon längst abgehauen, bei dem Streit den mer mir schon so alles hatten. Das war sicher nicht leicht für die beiden. Und weil mer mir ja auch nicht mehr die Jüngsten sind, da ham mir uns, also die Maria und ich ham uns halt gedacht, dass die beiden vielleicht doch mal den Hof übernehmen könnten. Deshalb hab ich ja letzte Woche noch mit ihm darüber geredet. Allerdings ohne die Eva, weil die grad ein wenig sauer ist und nur ihre Karriere bei der Agrazidos im Auge hat. Aber der Marcel fand die Idee eigentlich ganz gut und wollt mit ihr nochmal drüber reden. Ich glaub dem Buam hätt's da schon gefallen, da heraußen auf'm Hof, mit dem Vieh und so. Deshalb kann ich mir jetzt auch gar nicht

vorstellen, dass der sich umgebracht haben soll. Das macht doch irgendwie gar keinen Sinn. Meint´s nicht, dass da vielleicht doch jemand nachgeholfen hat?«
»Tja, Herr Moser«, sag ich. »Das tut uns jetzt natürlich leid, dass das so gekommen ist, also jetzt wo Sie sich ja quasi gerade erst aneinander gewöhnt haben. Aber um ehrlich zu sein: Wir gehen da auch gerade von einem Mord aus. Aber das braucht ja nicht ein jeder zu wissen, also dass wir da jetzt quasi ermitteln. Es wär also schon ganz gut, wenn Sie´s nicht gleich jedem weitererzählen täten. Weil sonst macht er sich nachher noch aus dem Staub, also der Mörder.«
»Also da könnt´s sicher sein, von mir erfährt da keiner was. Ich hoff nur, dass ihn erwischt´s, den Mörder. Weil das hat er nicht verdient, der Marcel. Und die Eva schon gar nicht, das arme Dirndl.«
»Ja, gut, dann sind wir ja eigentlich auch schon wieder weg, gell Franzl?«
»Ja genau.«, stimmt mir der Franzl zu. »Weil wir haben ja da noch einiges zu ermitteln, also wegen der Sache da. Ach ja, und um den Vielhuber, da kümmern wir uns natürlich auch noch drum, Herr Moser. Mit dem werden wir mal ein ernstes Wörtchen reden müssen, glaub ich. Von wegen, da einfach den Biohof schlecht mache und so. Das geht ja überhaupt gar nicht. Und natürlich wegen dem Brennholz, dem fauligen. Versprochen.«
»Das wär mal ne Sache«, meint der Moser. »Vielleicht kriegen wir ja so mal eine Ruhe vor dem Sauhund, dem greisligen.«

Wieder draußen im Hof, sagt der Franzl zu mir:

»Also Max, wenn du mich fragst, ich glaub ja nicht das er es war. Und auch nicht seine Frau, also die Maria. Weil sonst hätten die ja jetzt nicht versucht den Niederstetter da auf den Hof zu bekommen.«
»Nein, ich glaub's ehrlich gesagt auch nicht. Was aber irgendwie grad ganz blöd ist. Weil jetzt können mir ja da quasi wieder bei null anfangen.«
»Ja, das ist schon ein wenig blöd, also jetzt wo unser Hauptverdächtige da quasi aus dem Rennen ist. Aber was meinst? Soll'n mir gleich mal bei dem Vielhuber vorbeischauen? Vielleicht hat ja der was damit zu tun.«
»Hast jetzt du schon mal auf die Uhr geschaut, Franzl? In ner guten Stunde ist Feierabend, und den Kuchen bei der Lissi ham ja mir auch noch nicht gehabt. Das wird dann schon ein wenig knapp, so rein von der Zeit her.«
»Aber jetzt wär'n mir halt schon mal in der Nähe. Na komm schon, Max. Vielleicht dauert's ja gar ned so lang, Dann können mir immer noch zur Mama fahren, also wegen dem Apfelkuchen. Und wenn mir dann vielleicht sogar schon den Mörder haben, dann schmeckt er doch gleich noch viel besser, der Kuchen.«
»Na gut, Franzl. Eigentlich hast ja du recht. Also fahr'n mir eben mal hin, zum Vielhuber. Auch wenn ich ja nicht glaub, dass uns das was bringt, weil da schimpft eh immer bloß einer über den anderen. Das gehört quasi zum Bauer dazu, das schimpfen über die anderen. Auch wenn überhaupt nix dran ist. Aber das ist halt so.«

Bei unserm eintreffen auf dem Hof vom Vielhuber,

ist der gerade dabei seinen Bullog zum waschen.
»Gruß Gott Herr Vielhuber«, rufe ich zu ihm rüber. Aber anscheinend hört er nix, weil der Dampfstrahler so laut ist. Also schaltet ihn der Franzl einfach aus. Sofort fängt der Vielhuber an zu schimpfen: »Hey! Was duats es do? Kennts mer ned einfach an Strahler obschoitn, es zwee Deppen.«
»Also die Deppen haben wir jetzt mal überhört, Herr Vielhuber«, sage ich. »Aber wir hätten da mal ein paar Fragen an Sie gehabt. Ham´s an Moment?«
»Ja scho. Aber weshalb seit´s denn da? Hat euch der Moser geschickt?«
»Wieso, Herr Vielhuber?«, frag ich weiter. »Ham Sie da mit dem Moser irgendwelche Probleme gehabt? Vielleicht wegen dem Brennholz, oder so?«
»Also hat er euch doch geschickt, der Grattler, der mistige. Aber was wollt´s denn dann überhaupt´s von mir? Ich bin ja doch da schließlich der Bestohlene. Weil er hat´s ja mir geklaut, nicht ich ihm.«
»Ja können Sie das vielleicht beweisen Herr Vielhuber, also dass der Moser da ihr Brennholz quasi entwendet hat?«, fragt in der Franzl. »Weil wenn nicht, dann sind wir da nämlich eventuell ganz schnell mal bei einer Klage wegen Rufmord, Verleumdung, üble Nachrede und so weiter. Dann kommen´s halt eben mal ruck zuck mit dem Gesetzt in Konflikt. Und das wollen´s doch nicht Herr Vielhuber, oder? Weil wissen´s, da heraußen auf´m Land, da reden ja die Leut auch recht viel.«
»Ja Kruzifix, derf ma denn do überhaupt goar nix mehr sogn? Und nein, ich kann´s nicht beweisen, sonst hätt ich ihn ja angezeigt, den Moserdeppen. Aber ich bin mir sicher, dass das der war, das mit

dem Brennholz. Weil sonst kommt ja da keiner her, außer dem Lump.«
»Ja wissen´s Herr Veilhuber, wir machen die Gesetze ja nun auch nicht selber«, erklärt ihm der Franzl »Aber verstehn´s, wenn Sie zum Beispiel gesehen hätten, wie ihnen der Moser da quasi das Holz stiehlt, dann hätten Sie ihn anzeigen können. Wenn Sie´s aber nicht beweisen können, und stattdessen rumerzählen, dass der Moser es gewesen wäre, dann sind ja Sie der Täter, weil der Moser hat ja dann eben nix gemacht. Und dann könnt…«
»Jetzt komm, Franzl. Hör halt auf mit dem Schmarrn. Das bringt doch nix«, unterbreche ich ihn. »Weil wissen´s Herr Vielhuber, eigentlich sind mir ja wegen ganz was anderem da. Wir wollten bloß wissen, wie gut das Sie den Niederstetter Marcel kennen tun.«
»Nicht besonders. Warum? Er hat halt ab und zu mal a Backerl gebracht. Mehr scho ned a.«
»Ja, und?«, frag ich weiter. »War er vielleicht heut schon mal da, der Herr Niederstetter?«
»Naa, heit no ned. Aber letzte Woche, ich glaub am Donnerstag. Warum? Ist der auch mit dem Gesetz in Konflikt geraten?«
»Also dazu können mir jetzt grad a mal gar nix sagen«, stellt der Franzl gleich klar. »Aber falls er sich mal wieder bei ihnen blicken lassen sollte, dann sagen´s ihm bitteschön, dass er sich dringendst bei uns melden soll. Oder am besten ist, Sie rufen uns gleich an und halten ihn solange fest.«
»Ja gut, das kann ich schon machen. Vielleicht kommt er ja morgen, weil ich grad gestern eh was bestellt hab. Aber gefährlich oder bewaffnet ist der nicht, der Niederstetter, oder?«

»Nein, nein«, beruhigt ihn der Franzl. »Alles halb so schlimm, Herr Vielhuber. Da brauchen´s sich keine Sorgen machen, der tut ihnen garantiert nix. Und dann ham´s ja mir jetzt eigentlich eh schon wieder. Samma schon wieder weg, gell? Also dann noch einen schönen Tag, Herr Vielhuber. Bis demnächst vielleicht.«

Bevor der Vielhuber auch nur auf die Idee kommt noch irgendetwas zu sagen, schaltet ihm der Franzl wieder den Dampfstrahler ein, und sagt zu mir: »Den können wir vergessen, der war´s auch nicht.«
Zurück im Auto frag ich den Franzl dann: »Du, sag mal: Was soll´t denn jetzt eigentlich der Schmarrn mit dem Niederstetter? Das der Vielhuber den festhalten soll und so?«
»Tja Max, das ist eben ermittlungstechnische Psychologie. Weil wenn jetzt der Vielhuber was mit dem Tod vom Niederstetter zum tun gehabt hätte, dann hätte der ja auch ganz anders reagiert. Aber so fällt der quasi aus, als Mörder. Weil der hat ja von überhaupt gar nix was gewusst.«
»Und wenn der jetzt aber deinen genialen Psychologietrick da schon kennt, der Vielhuber? Dann hat der vielleicht bloß so getan als ob er von nichts wüsste, und dich stattdessen mal ganz gewaltig an der Nasen herumgeführt. Also ich muss schon sagen: Super Trick, Franzl.«
»Ach geh, Schmarrn. Der Vielhuber ist doch kein Mafiosi oder sowas. Der kennt sich doch da gar nicht aus, da in der Psychologiewelt.«
»Naja, hoffentlich hast du Recht. Allerdings ham wir da ja jetzt ein ganz anderes Problem.«

»Und welches da wäre?«
»Mir ham noch keinen Mörder, Franzl. Und den Kuchen bei der Lissi schaffen mir auch nichtmehr. Aber zur Niederstetter, also der Eva, da müssten mir ja eigentlich noch hin.«
»Da hast eigentlich schon recht, Max. Bis dass mir jetzt wieder unten im Dorf sind, da ist dann ja eh schon fast Feierabend. Aber das hilft ja nix. Müssen mir halt morgen gleich in der Früh zur Niederstetter rausfahren. Die wird schon nicht gleich abhauen, außer sie hätte vielleicht nen Grund dafür. Aber das sehn mir ja dann schon.«
»Genau Franzl, es hilft ja nix. Bevor sich der Hintermeier wieder aufregt, also wegen den Überstunden mein ich, da muss halt mal eben das Verbrechen a weng warten.«

Verbrechen kennt keinen Dienstschluss

Als wir in der Dienststelle ankommen, um unsern wohlverdienten Feierabend abzuwarten, steht da der Hintermeier am Getränkeautomaten und lässt sich gerade einen Kaffee raus. »Ach, der Herr Hintermeier«, sag ich. »Ham´s ihn jetzt doch wiedergefunden, ihren Geldbeutel?«
»Äh, ja. Das ist ganz witzig. Der lag nämlich auf dem Handtuchspender in der Herrentoilette. Wahrscheinlich hab ich ihn da raufgelegt als ich die Papiertücher nachgefüllt hab.«
»Was ham Sie gemacht?«, frage ich ungläubig nach. »Die Handtücher aufgefüllt? Das ist doch normalerweise die Sache von der Gerling, oder putzt die jetzt da nicht mehr?«
»Doch, doch. Aber die war ja schon weg, und dann hab ich das eben selbst schnell gemacht. Ist ja kein großer Akt. Weil mit so einer Münze lässt sich der ja ganz einfach öffnen.«
»Na, da ist ja direkt ein guter Mechaniker an ihnen verlorengegangen, Herr Hintermeier«, stelle ich fest.
»Ja, das mag sein. Aber äh, sagen sie mal: Wo waren Sie beide eigentlich den ganzen Tag? Sind Sie in der Sache mit dem Niederstetter schon weitergekommen? Also ich mein, weiß man inzwischen wenigstens warum der verstorben ist?«
»Ja allerdings wissen mir das«, sagt der Franzl. »Der ist nämlich vergiftet worden, mit E 605, dem klassischen Schwiegermuttergift. Wahrscheinlich hat er´s im Tee gehabt, meint jedenfalls der Brenninger.

Ach ja, und ein bisserl betrunken war er halt auch noch, der Herr Niederstetter. Mir wissen da nur leider noch nicht so ganz genau, wer ihm da jetzt das Gift da reingetan hat, also in den Tee. Aber da sind mir ja grad dabei das zum rausfinden.«

»Ja, und weiter? Haben Sie wenigstens seine Frau, äh Witwe inzwischen schon über den Tod ihres Mannes informiert? Weil das hatte ich ihnen ja schließlich aufgetragen, oder?«

»Ja ja, natürlich«, erklärt der Franzl weiter. »Weil die ham mir ja auch schon an der Tankstelle getroffen, die Frau Niederstetter. Allerdings ham ja mir das da auch noch nicht gewusst, also dass ihr Mann da quasi vergiftet wurde. Aber das hätten wir ihr ja eh schon nicht mehr sagen können, weil die ist ja dann gleich wieder ins Auto gestiegen und losgefahren. Sogar das bezahlen hat sie noch vergessen, so eilig hat's die da gehabt.«

»Moment, nur dass ich das jetzt richtig verstehe. Sie beide haben der Frau vom Niederstetter an der Tankstelle die Todesnachricht von ihrem Mann überbracht, der ja wie wir inzwischen wissen vergiftet wurde, und sehen dann auch noch in aller Ruhe dabei zu wie sie sich aus dem Staub macht? Kommt ihnen das nicht irgendwie komisch vor? Wahrscheinlich ist die gute Frau jetzt schon über alle Berge, während sie hier den ganzen Tag irgendwo in der Gegend rumfahren.«

»Das wär aber jetzt blöd, also wenn die Frau Niederstetter da jetzt quasi abgehauen wäre«, stellt der Franzl fest. »Weil ich hab da ja dann die Tankrechnung noch von der bezahlt, also von der Niederstetter. Weil das hat's ja vergessen gehabt.

Und wenn die jetzt weg ist, ich meine, das sind ja auch immerhin 30 Euro.«
»Ja wie blöd kann man denn sein? Wir haben da eine verdächtige Person, die wahrscheinlich auf der Flucht ist, und Sie zahlen ihr auch noch die Tankrechnung. Ich fass es nicht. Sie fahren da jetzt augenblicklich hin, zu der Niederstetter, und gehen der Sache auf den Grund.«
»Ja, aber wissen´s Herr Hintermeier, wir hätten da jetzt dann eigentlich gleich Feierabend«, gebe ich zu bedenken. »Und wir soll'n ja keine Überstunden mehr machen, also das ham ja Sie selbst neulich noch zu uns gesagt.«
»Herrgott nochmal. Das war doch eine ganz andere Situation. Entlaufene Katzen können Sie von mir aus in ihrer Freizeit einfangen, aber nicht auf Kosten des Steuerzahlers. Und schon gar nicht als Überstunden veranschlagen. Das hier ist doch was ganz anderes. Da geht es schließlich um Mord meine Herren.«
»Ja gut«, meint der Franzl ganz kleinlaut. »Dann fahren mir jetzt halt nochmal hin zu der Niederstetter. Weil mir hatten ja eigentlich eh grad nix anderes vor, gell Max?«
»Ähm, nein. Also nicht so direkt«, antworte ich. »Dann sind wir also jetzt dann quasi auch schon unterwegs, Herr Hintermeier. Weil´s Verbrechen kennt ja keinen Dienstschluss, gell?«
Aber gerade als wir uns aus dem Staub machen wollen, fällt dem Hintermeier dann noch was ein: »Ach ja, wo ich da gerade zum Fenster rausschaue und ihren Dienstwagen da so stehen sehe. Hatte ich nicht ausdrücklich gesagt, dass Sie zu dem Eberl fahren, und das da richten lassen sollen? Stattdessen

basteln Sie da einfach selber mit Klebeband rum. Und dann auch noch in rot. Wie sieht denn das aus? Was sollen denn da die Bürger von uns denken? Das ist doch kein Kasperltheater hier.«
»Naa, gewiss ned«, sag ich leise. »Weil's Krokodil fehlt noch.«
»Das hab ich gehört«, meint daraufhin der Hintermeier. »Aber ihre blöden Späße können Sie sich sparen. Sehen Sie lieber zu, dass das in Ordnung kommt. Und jetzt raus hier.«

Bevor dem Hintermeier jetzt noch mehr Blödsinn einfällt, machen wir uns dann doch lieber auf zur Niederstetter. Auch wenn ja eigentlich schon Feierabend wäre.
Unterwegs im Auto meint dann der Franzl zu mir: »Du Max, glaubst du eigentlich auch dass der Hintermeier heut irgendwie schlechte Laune hat? Ich mein, vielleicht war ja was mit dem Apfelkuchen nicht in Ordnung.«
»Naa Franzl, das glaub ich nicht. Wahrscheinlich ärgert er sich bloß darüber, dass er seinen Geldbeutel erst jetzt gefunden hat. Vielleicht hätten wir ihm den doch besser mal versteckt. Weil jetzt brauch er ja nicht mehr freundlich sein, bloß damit ihm irgendwer nen Apfelkuchen mitbringt, der ja eigentlich gar nicht für ihn gedacht gewesen wäre.«
»Meinst wirklich? Vielleicht ist der aber auch echt wegen der Sache mit der Niederstetter so sauer. Weil wenn die jetzt wirklich schon über alle Berge ist, dann stehen ja mir da als wie die letzten Deppen. Und die 30 Euro seh ich bestimmt dann auch so schnell nicht mehr wieder.«

»Ach Franzl, da mach dir mal keine Sorgen. Ich glaub nicht dass die schon abgehauen ist. Auch wenn sie es vielleicht gewesen ist. Aber wenn sie sich einfach so vom Acker macht, dann wär ja sofort klar, dass sie ihren Mann selbst umgebracht hat. Und so blöd schätze ich die jetzt wirklich nicht ein, die Niederstetter.«
»Ja, da könntest allerdings schon Recht haben, Max. So dumm schaut mir die auch wieder nicht aus.«

Nachdem wir bei der Niederstetter nun schon zum dritten Mal geläutet haben, öffnet sie endlich die Türe und sagt zu uns: »Ach, sieh an. Die beiden Herren von der Polizei. Und? Wissen Sie wenigstens inzwischen schon warum der Marcel jetzt tot ist?«
»Ja Frau Niederstetter«, sag ich. »Das wissen mir inzwischen tatsächlich schon. Ihr Mann ist nämlich vergiftet worden. Aber vielleicht könnten wir ja nen Moment reinkommen, weil wir hätten da noch ein paar Fragen an Sie gehabt, und das braucht ja nicht unbedingt ein jeder mitbekommen. Weil wissen´s, da heraußen auf´m Land, da wird halt doch gern mal geredet, wenn´s wissen was ich meine.«
»Na gut, dann kommen Sie mal rein. Aber wundern Sie sich nicht wie es da ausschaut. Ich bin nämlich noch nicht zum aufräumen gekommen, wobei das ja jetzt eigentlich auch eh egal ist.«

Beim betreten des Wohnzimmers wird mir schnell klar, was sie mit ausschauen gemeint hat. Denn überall stehen leere Bier- und Schnapsflaschen herum, und auch der Aschenbecher ist mehr als nur voll. »Aha«, sag ich zu ihr. »Ham Sie da vielleicht

grad ein kleines Festl gehabt? Scheint ja doch recht feuchtfröhlich gewesen zu sein.«
»Nein, also ja schon, vielleicht. Da wird halt gestern der Jochen wiedermal dagewesen sein. Das war der beste Freund von meinem Mann. Die haben schon mal so ab und zu einen draufgemacht. Aber eigentlich eher so am Wochenende. Ich weiß ja auch nicht so genau was da gestern los war.«
»Na dann war´s ja mit Sicherheit ein rauschendes Festl, da gestern, wenn Sie sich an so rein gar nichts mehr erinnern können«, mutmaßt der Franzl. »Dann wissen´s vielleicht auch gar nicht mehr, dass Sie da gestern eventuell ein wenig gestritten haben mit ihrem Mann. Und dann ham´s ihm heute Morgen halt einfach mal ein bisserl ein Gift mit in den Tee getan, dem Marcel. Sowas kann ja mal vorkommen.«
»Jetzt hören´s halt auf mit dem Schmarrn. Ich war ja gar nicht dabei. Ich bin nämlich vorgestern, also am Montag, auf ein Seminar nach Würzburg gefahren, und erst heute Nachmittag zurückgekommen. Und zwar genau da, als ich Sie beide an der Tankstelle getroffen habe. Und überhaupt, warum sollte ich meinen Mann umbringen wollen? Da gibt´s ja gar keinen Grund dafür.«
»Ja, das mit den Gründen sieht man ja oft nicht gleich, aber dafür sind ja schließlich auch mir da, um sowas rauszufinden.«, stellt der Franzl fest. »Was war denn das überhaupt für ein Seminar, da in Würzburg? Ich mein, das wird ja sicherlich dann auch jemand bestätigen können, also dass Sie da die ganze Zeit da waren, auf dem Seminar, oder?«
»Ja sicher kann das jemand bestätigen«, antwortet die Niederstetter schnippig. »Außer mir waren da noch

mindesten 70 andere Personen auf dem Seminar. Und wenn Sie es ganz genau wissen wollen, es war eine Marketingschulung, was ja auch naheliegend ist. Denn schließlich bin ich bei uns in der Agrazidos AG für´s Marketing zuständig.«

»Sagen´s mal Frau Niederstetter, was wird da eigentlich genau gemacht, da bei der Agrazidos? Das ist doch ne Chemiefabrik, oder?«, frag ich die Niederstetter.

»Also den Begriff Chemiefabrik verwenden wir eher nicht. Wir sind Hersteller für Agrarmittel.«

»Agrar ist jetzt was?«, fragt der Franzl dazwischen.

»Das ist neudeutsch für Landwirtschaft«, sag ich.

»Also quasi für die Bauern machen´s so Sachen da, oder?«

»So kann man das natürlich auch ausdrücken«, stellt die Niedermeier mit einem abwertenden Gesichtsausdruck fest. »Wir produzieren Dünger, Pflanzenschutzmittel und ähnliches.«

»Ja dann ham ja Sie bestimmt auch so Gift da in der Firma. Also zum Beispiel ein E 605, oder so?«, will der Franzl wissen.

»Ja, sowas haben wir natürlich auch. Aber das ist ausschließlich für den weltweiten Export gedacht, weil der Vertrieb in Europa seit circa 2002 verboten wurde. Und bevor Sie fragen: Nein, ich komme da nicht ran. Wie gesagt, ich bin im Marketing und nicht im Labor oder in der Produktion. Aber wenn Sie da noch weitere Fragen haben sollten, dann können Sie sich auch gerne mal an den Herrn Neureuter wenden. Das ist der Geschäftsführer der Agrazidos. Der kann ihnen da bestimmt weiter helfen.«

»Ja, das könnte durchaus sein, dass wir da den Herrn

Neureuter dazu nochmal befragen werden«, sage ich zur Niederstetter. »Aber trotzdem erwarten wir uns allerdings auch von ihnen noch ein paar Antworten, die uns ja vielleicht auf die Spur des Mörders bringen könnten. Hat ihr Mann zum Beispiel in letzter Zeit mit irgendjemandem Streit gehabt? Hat er jemandem Geld geschuldet, oder ist er vielleicht sogar erpresst oder bedroht worden?«

»Nein, da war absolut gar nichts dergleichen. Gut, mit unserem Nachbarn, dem Gustl, da hat er schon manchmal gestritten. Aber das war ja nichts ernstes. Der Marcel hat sich halt bloß immer aufgeregt, weil der Gustl grundsätzlich am Samstag in der Früh den Rasen gemäht hat, wo wir eigentlich mal hätten ausschlafen können. Aber das war ja meistens nachmittags schon wieder vergessen. Überhaupt hat mein Mann eher versucht es allen recht zu machen, bevor dass er da mit jemandem ins streiten gekommen wäre.«

»Tja, wissen´s Frau Niederstetter, dass ist jetzt natürlich irgendwie ein bisserl blöd, also wenn ihr Mann keine Feinde hatte, und auch niemandem Geld schuldete«, analysiert der Franzl die Situation. »Wo soll´n wir denn da jetzt anfangen zum suchen? Denn anscheinend hat ja keiner ein Motiv gehabt ihn umzubringen, den Marcel. Aber trotzdem ist er jetzt tot. Finden´s das nicht auch etwas merkwürdig?«

Sofort geht die Niederstetter durch die Decke. »Ja entschuldigen Sie vielmals dass ich ihnen den Mörder nicht auf einem Silbertablett reichen kann. Mir wäre es auch lieber, wenn dieses Schwein schon gefasst wäre, dass den Marcel da vergiftet hat. Aber ich kann mir nun mal auch keinen Mörder aus den

Fingernägeln saugen. Haben Sie überhaupt eine Ahnung davon, wie es mir gerade geht? Ich glaube nicht. Und wenn Sie dann keine weiteren Fragen mehr haben, dann wäre ich jetzt gerne alleine.«
»Also eine Frage hätte ich da schon noch zum Abschluss«, sag ich. »Und zwar dieser Jochen. Wie heißt denn der mit Nachnamen, und wo könnten mir denn den finden. Also vielleicht ham´s ja eine Adresse von dem, oder so.«
»Jochen Brandl, Erlenweg 7, arbeitet in der gleichen Firma wie mein Mann. Reicht das?«
»Ja, ganz prima. Das reicht auf jeden Fall, Frau Niederstetter. Also von meiner Seite her hätten wir´s dann, außer der Franzl möchte noch was wissen.«
»Ja also wissen nicht direkt«, meint daraufhin der Franzl. »Aber wissen´s Frau Niederstetter, Sie ham da vorhin, da an der Tankstelle, da ham Sie versehentlich vergessen zu bezahlen…«
»Lassen Sie mich raten«, fällt ihm die Niederstetter ins Wort. »Und deshalb wollen Sie mich jetzt verhaften, oder was?«
»Ähm, nein. Aber das ist so, dass ich das quasi für Sie ausgelegt hab, also damit´s halt keinen Ärger bekommen. Und deshalb würd ich da noch gerne 30 Euro von ihnen bekommen, also wegen der Tankrechnung. Die Quittung hätte ich auch dabei, nur für den Fall dass Sie´s brauchen tun.«
»Nehmen Sie auch EC-Karten?«, fragt die Niederstetter den Franzl in einem extrem genervten Ton während wir schon vor der Haustüre stehen.
»Äh, EC-Karten? Nein, ich bräucht´s dann schon in Bar, also die 30 Euro.«
»Dann tut´s mir leid, weil ich hab es leider gerade

nicht passend. Aber vielleicht ein andermal. Auf Wiedersehen, und noch einen schönen Abend«, giftet sie den Franzl an, und haut ihm die Türe vor der Nase zu.

»Hast jetzt du das gesehen, Max? Das kann doch die nicht einfach so machen, also mir da die Tür so quasi vor der Nase zuhauen. Weil vielleicht hätt ich ja rausgeben können.«
»Franzl, ich glaub darum geht´s der grad nicht. Die will jetzt wahrscheinlich einfach mal ihre Ruhe haben. Allerdings, wenn du mich fragst, dann stimmt mit der was nicht. Irgendwie schien die so gar nicht berührt zu sein, also von dem Tod ihres Mannes.«
»Vielleicht hat´s das ja von ihren Eltern in die Wiege gelegt bekommen. Weil grad ihre Frau Mutter war ja auch recht kalt. Glaubst es, die scheißen sich da nix um andere Leut, also in derer ihrer Familie da.«
»Da magst schon Recht haben, Franzl. Aber ich hab ja eher das Gefühl, dass die da jemanden deckt, oder nen anderen hat. Vielleicht auch beides. Aber das finden mir schon noch raus, was da nicht stimmt mit der feinen Frau Niederstetter, gell Franzl?«
»Ja schon, Max. Aber ich überleg grad, wenn die wirklich was mit dem Tod von ihrem Mann, also dem Marcel zum tun hat, und wir die dann einsperren, dann sind ja die 30 Euro wo ich ihr ausgelegt hab quasi auch futsch. Die seh ich ja dann wahrscheinlich nie mehr wieder.«
»Soweit sind wir ja noch lang nicht, Franzl. Jetzt schauen mer mir uns morgen Früh erstmal diesen Brandl Jochen an. Vielleicht weiß ja der mehr als die Niederstetter.«

»Davon können mir jetzt ja schon mal ausgehen. Denn mehr als nix, weiß ja der garantiert. Der war ja schließlich sein bester Freund gewesen. Und dem besten Freund erzählt man ja auch schon mal was, was die eigene Frau nix angeht, verstehst?«
»Da liegst vielleicht gar nicht so verkehrt, Franzl. Schaun mer mal, dann sehn mer´s schon. Aber jetzt machen mir erstmal Feierabend, oder? Bin eh schon gespannt ob uns der Hintermeier die Überstunden durchgehen lässt. Also so geizig wie der ist, da weiß man ja nie.«

Ein ganz ein schönes Bild

Am nächsten Morgen auf der Dienststelle, der Franzl und ich gönnen uns gerade in Ruhe einen Kaffee, da kommt der Hintermeier plötzlich in unser Büro geplatzt. »Einen wunderschönen guten Morgen die Herren. Wie ich sehe, haben Sie ja den Mord an dem Niederstetter schon aufgeklärt.«
»Naa, wieso?«, frag ich überrascht.
»Och, ich dachte ja nur, weil Sie ja hier so gemütlich rumsitzen und ihren Kaffee genießen. Aber gut, hab ich mich wohl getäuscht. Haben Sie denn wenigstens überhaupt noch irgendwas rausgefunden, da gestern bei der Niederstetter? Oder gab´s da auch nur Kaffee?«
»Was? Ach so, ja, bei der Niederstetter. Nein, äh, da hat es keinen Kaffee gegeben«, stammelt der Franzl leicht irritiert vor sich hin. »Aber wir ham sie natürlich befragt, also die Frau Niederstetter. Allerdings hat uns die jetzt auch nicht so recht weiterhelfen können, weil die hat ja quasi von überhaupt nix gewusst. Also nix was uns jetzt irgendwie geholfen hätte, außer der Adresse von dem Brandl, die hat sie uns gegeben. Das war nämlich der beste Freund von dem Niederstetter, und die beiden ham halt am Abend vor dem Marcel seinem Tod noch kräftig einen drauf gemacht, also bei dem Niederstetter daheim. Aber viel mehr wissen mir jetzt da auch noch nicht, außer dass mir uns da fast sicher sind, dass die Niederstetter mit dem Tod von ihrem Mann irgendwas zum tun hat. Nur was das

eben so ist, das wissen mir halt noch nicht so genau. Aber da sind ja mir gerade dabei, das da so quasi zum rausfinden, Herr Hintermeier.«
»Also lassen Sie mich kurz zusammenfassen, nur damit ich das richtig verstehe«, meint daraufhin der Hintermeier. »Sie wissen nichts. Absolut gar nichts. Sie haben nur die Adresse von diesem Brandl und den Verdacht, dass die Niederstetter eventuell etwas mit dem Tod ihres Mannes zu tun haben könnte? Und anstatt zu ermitteln sitzen Sie hier einfach nur rum und halten ein Kaffeekränzchen ab, oder was? Na worauf warten Sie noch? Statten Sie dem Brandl gefälligst mal einen Besuch ab. Schließlich war der ja anscheinend als letztes mit dem Mordopfer zusammen. Der kann ihnen da mit Sicherheit weiterhelfen.«
»Ja genau, Herr Hintermeier«, sag ich. »Das hätten mir ja jetzt auch als nächstes vorgehabt, aber dann sind ja Sie da hereingekommen. Aber wenn's eh schon mal da sind: Mögen's vielleicht auch nen Kaffee? Also es wär ja noch einer da. Und mir können den ja jetzt eh nicht mehr trinken, weil mir müssten ja jetzt dann eigentlich gleich los zu dem Brandl.«
»Naja, bevor Sie ihn wegschütten, dann nehm ich natürlich auch ein Tässchen. Wär ja sonst schade drum. Ähm, mit Milch und Zucker bitte.«

Während ich also den Kaffee einschenke und sich der Franzl schon mal startklar macht, fällt dem Hintermeier noch was ein: »Ach ja, bevor ich es vergesse. Ich hätte da noch was anderes für Sie, mehr sowas persönliches. Und zwar geht es da um

Internetbetrug.«
»Na dann schießen´s doch mal los. Für sowas sind ja mir schließlich da, also als Freund und Helfer quasi«, sagt der Franzl ganz interessiert und setzt sich wieder neben den Hintermeier, der auch prompt anfängt uns sein Problem zu schildern. »Ja, also wissen Sie, das ist nämlich so: Ich hab mir da im Internet, also ein Bekannter von mir, der hat sich da so ein Smartphone bestellt, über so eine Auktionsplattform. Weil aber der Verkäufer aus England war, habe ich erstmal nachgefragt, also vielmehr mein Bekannter hat nachgefragt, ob denn der auch nach Deutschland verschicken würde. Daraufhin hat dann der Verkäufer gesagt, dass er das durchaus gerne machen kann und sogar mit dem Preis noch etwas runtergeht, wenn der Kauf nicht über diese Auktionsplattform abgeschlossen wird, weil er sich ja dann die Verkaufsprovision spart. Bedingung war allerdings, dass das Geld per Western Union gezahlt wird.«
»Von wieviel Geld reden wir da jetzt eigentlich?«, frag ich den Hintermeier.
»Na immerhin von 270 Euro. Aber das war echt ein Schnäppchenangebot. Denn bei uns im Laden kostet so ein Gerät mindestens das Doppelte. Aber das eigentlich Problem ist ja nicht der Preis von dem Gerät…«
»…sondern dass das Geld jetzt weg ist, und Sie, also ihr Bekannter, überhaupt kein Smartphone bekommen hat«, unterbreche ich ihn. »Stattdessen läuft jetzt irgendjemand im Kongo mit ner gut gefüllten Brieftasche rum und macht sich ein schönes Leben mit dem Geld.«
»Ja genau. Woher wissen sie das Franzl?«, will der

Hintermeier überrascht wissen. »Haben sie da etwa schon ähnliche Fälle gehabt?«
»Nein«, sag ich. »Aber das weiß doch ein jeder Depp, dass das so läuft. Deshalb macht's ja auch keiner mehr, außer halt ein paar ganz gescheite, bei denen der Geiz vorrübergehend das Gehirn abschaltet.«
»Ja und was machen wir da jetzt?«, fragt der Hintermeier. »Ich meine, wir sind ja schließlich bei der Polizei. Wo kommen wir denn da hin, wenn jetzt sogar schon Polizisten über den Tisch gezogen werden? Das geht doch nicht.«
»Doch das geht«, stellt der Franzl nüchtern fest. »Da kann man gar nix machen. Weg ist weg. Weil den finden's ja nie, da den Afrikaner, also den der jetzt ihr Geld hat, oder das von ihrem Bekannten. Aber das ist ja auch der Sinn und Zweck von so Betrügern. Weil wenn man's immer gleich erwischen würde, dann tät sich das ja nicht lohnen für die.«
»Ja genau, Herr Hintermeier. So ist das eben«, stimme ich dem Franzl zu. »Da können's jetzt bloß noch ihrem Bekannten ausrichten, dass er beim nächsten Kauf vielleicht vorher sein Gehirn einschaltet, also bevor er sein Geld da irgendwo in der Weltgeschichte umeinander schickt. Weil auf so Deppen wie den warten's ja grad noch, die Betrüger. Und mir müssen jetzt aber auch wirklich los, also zum Brandl. Weil Sie wissen ja, mir ham ja da schließlich noch nen Mord aufzuklären.«
»Ja gut, machen Sie das mal. Ich kümmere mich dann noch ein wenig um die Sache mit dem Betrug. Vielleicht kann man ja da doch noch was machen.«

Der Franzl und ich machen uns also aus dem Staub

um endlich den Brandl zu befragen. Kaum sind wir ins Auto gestiegen stellt der Franzl fest: »Das ist aber auch ein Depp, also dem Hintermeier sein Bekannter. Schickt der da einfach so sein Geld in die Pampas, und dann wundert sich der noch, wenn er nix dafür kriegt. Dabei hätte ja der bloß mal den Hintermeier fragen brauchen. Der hätte ihm dann bestimmt schon sagen können, dass das alles Betrüger sind, da in dem Internet drin.«
»Sag mal Franzl: Du glaubst das aber jetzt nicht wirklich, also das was der Hintermeier da von seinem Bekannten erzählt hat, oder?«
»Wieso? Das hat man doch schon oft gelesen. Steht ja dauernd in der Zeitung, dass das da so läuft mit diesem Western Union. Und warum sollte der Bekannte vom Hintermeier da nicht auch mal drauf reinfallen. Der wird halt schon nicht so besonders helle sein, weil immerhin ist er ja der Spezl vom Hintermeier.«
»Schmarrn Franzl, der Hintermeier hat doch gar keine Spezln. Das war der garantiert selber, also der wo da das Smartphone bestellt hat, und dann sein Geld in einer nicht näher definierbaren Quelle, also irgendwo in Afrika versenkt hat. Der wollt doch bloß dass mir das nicht merken, also dass er selber so ein Depp ist.«
»Ach so, du meinst also diesen Bekannten gibt´s gar nicht, und er hat da quasi selber... Na das ist ja dann schon fast wieder irgendwie clever.«
»Ja, ungefähr genauso clever wie mit nem Messer in der Hand neben nem plattgestochenen Autoreifen zum stehen, und dann zu behaupten: Ich war´s nicht. Das ist schon wirklich wahnsinnig clever, Franzl. Da

wenn unser Mörder genauso gescheit wär wie der Hintermeier, dann bräuchten mir den jetzt nicht suchen. Weil der hätte dann wahrscheinlich schon neben der Leiche auf uns gewartet, mit nem Flascherl in der Hand, wo ganz dick und breit Gift draufsteht.«

»Was ist jetzt da los?«, fragt mich der Franzl überrascht als wir beim Brandl ankommen. »Da schaut´s ja aus, als wenn der grad seine ganze Wohnung ausräumen tät. Der wird sich doch nicht etwa aus den Staub machen wollen, der feine Herr Brandl?«
»Vielleich renoviert er ja bloß grad«, sag ich, obwohl die ganzen Möbel und Kartons vor seiner Haustüre schon etwas verdächtig aussehen. Genau in dem Moment, als wir gerade aussteigen, kommt auch schon der Brandl mit einem weitern Karton aus dem Haus. »Was wird jetzt das da, wenn man mal fragen darf? Ziehen Sie vielleicht grad aus, Herr Brandl?«, frag ich ihn.
»Noch nicht direkt. Ich mach am Samstag einen Hausflohmarkt. Warum? Ist das verboten?«
»Naa, natürlich nicht«, antwortet der Franzl. »Das schaut jetzt bloß ein wenig verdächtig aus, also jetzt wo ja gerade ihr bester Freund, also der Marcel umgebracht worden ist. Da könnt man ja direkt meinen, dass sie sich da vor irgendwas davonlaufen wollen.«
»Was? Ach so, ja. Das mit dem Marcel hab ich auch schon gehört. Ist echt unglaublich. Dabei hat er doch wirklich niemandem was getan. Im Gegenteil. Er wollt´s ja bloß immer jedem recht machen, und dann sowas. Schrecklich.«

»Ja, das ham ja mir inzwischen auch schon mehrfach gehört, dass der Herr Niederstetter so ein feiner Mensch war«, sag ich. »Aber jetzt suchen mir ja natürlich nach dem Mörder. Und da hätten wir dann mal an Sie gedacht, also dass Sie uns da vielleicht weiterhelfen könnten. Weil Sie ham ihn ja vorgestern Abend anscheinend als letzter lebend gesehen, den Marcel.«

»Ach so, Sie meinen weil ich da bei ihm war? Ja, wir haben halt ein wenig gefeiert, wie man das halt manchmal mit Freunden so macht.«

»Und was ham Sie da so genau gefeiert?«, fragt ihn der Franzl. »Da wird´s ja schon einen besonderen Anlass dafür gegeben haben, oder? Weil normalerweise feiert man ja da doch eher am Wochenende, und nicht wenn man am nächsten morgen so früh raus muss wie Sie beide.«

»Ja, wir haben natürlich einen Grund gehabt. Und falls Sie es ganz genau wissen wollen: Ich hab am Wochenende nen Sechser im Lotto gehabt. Da haben wir natürlich ein wenig gefeiert. Wäre aber schön, wenn Sie das nicht unbedingt dem ganzen Dorf auf die Nase binden würden. Sonst kann ich mich hier vor falschen Freunden und sonstigen Bittstellern wahrscheinlich nicht mehr retten.«

»Was? Sie ham den Sechser gehabt? Das gibt´s ja gar nicht«, stellt der Franzl ganz ungläubig fest. »Wie lang spielen denn Sie jetzt schon? Weil wissen´s, ich spiel ja auch schon seit fast 20 Jahren. Und immer die selben Zahlen. Aber mehr als wie nen Vierer hab ich noch nie gehabt. Also das kann ich ja jetzt noch gar nicht so recht glauben, also dass man da so direkt mal einen von den Gewinnern zu Gesicht bekommt. Weil

sonst ist ja das doch mehr so anonym, und man kennt die Leute ja auch nicht.«
»Schön, ja. Solange spiele ich noch nicht. Aber wie gesagt, es wäre mir ganz recht wenn morgen nicht das ganze Dorf davon weiß.«
»Naa, naa, ganz gewiss nicht«, versichert der Franzl dem Brandl. »Wir sind ja quasi von Berufswegen schon total verschwiegen. Also das ist ja unser Job, dass mir da nicht gleich so alles da rausplaudern, verstehn´s?«
»Ja genau Herr Brand, da hat er Recht, der Kollege«, bekräftige ich dem Franzl seine Aussage. »Und weil´s ja jetzt dann ein paar Euro übrig haben, wegen ihrem Lottogewinn, da ham Sie sich dann gedacht: Mach ich halt mal eben ein bisserl Platz für neue Möbel. Oder wie können uns mir das jetzt hier vorstellen?«
»Äh, nein. Ich werde jetzt dann auswandern, nach Paraguay, also sobald das Geld von der Lottozentrale da ist. Weil hier spricht sich das eh früher oder später rum, also das mit dem Lottogewinn, und außerdem würde das Geld ja hier auch nicht ausreichen um bis ans Lebensende unbeschwert leben zu können.«
»Naja, das kommt ja immer ganz drauf an, wann das Lebensende denn nun eintritt. Dem Niederstetter hätte´s zum Beispiel bestimmt gereicht«, stellt der Franzl nüchtern fest. »Aber Paraguay ist ja bestimmt auch nicht schlecht, alleine schon wegen den ganzen Brasilianerinnen.«
Bevor uns jetzt allerdings der Franzl weiter sein erdkundliches Wissen zum Besten gibt und das Ganze hier in eine völlig falsche Richtung läuft, sag zum Brandl: »Ja, das ist ja alles schön und gut, und

bestimmt auch ganz super da in Paraguay, schon wegen dem Lottogewinn. Aber Sie ham da nicht zufällig eine Idee, wer da Interesse daran gehabt haben könnte, dass er den Marcel jetzt da einfach umbringt, oder?«

»Nein, also nicht wirklich. Naja, das Einzige was mir da jetzt so gerade einfällt wäre vielleicht, dass seine Frau, also die Eva, die hat was mit ihrem Chef, dem Neureuter gehabt. Aber das wollte der Marcel ja nicht wahr haben. Weil der wollte ja den Bauernhof von seinen Schwiegereltern übernehmen und hat gemeint, dass sich das dann schon alles wieder irgendwie einrenkt. Aber die Eva hat da nicht so ganz mitgezogen, die wollte lieber bei der Agrazidos Karriere machen. Deswegen haben die beiden in letzter Zeit auch öfter mal gestritten. Aber dass die ihn deswegen gleich umbringt, nein, das glaub ich ja doch nicht.«

»Aha«, sag ich. »Das ist ja schon mal ganz interessant. Und woher wissen´s das jetzt, also dass die beiden da was miteinander hatten, die Frau Niederstetter und der Herr Neureuter? Ich mein, erzählt haben wird sie´s ihnen ja nicht, oder?«

»Nein, bestimmt nicht. Aber wissen Sie, der Neureuter hat da hinten am Weitsee eine kleine Hütte, da hab ich die beiden halt zusammen gesehen. Und das sah nicht nach Betriebsausflug aus, wenn Sie wissen was ich meine.«

»Ähm ja, das können wir uns allerdings schon vorstellen«, meint der Franzl. »Aber was ham jetzt Sie da draußen zum suchen gehabt? Ham Sie die beiden vielleicht ein wenig beschattet, oder sind Sie da, so rein zufällig natürlich, beim Schwammerl

suchen vorbeigekommen?«
»Nein, weder noch. Ich hab da draußen einen alten Wohnwagen, und von da aus kann man halt genau auf dem Neureuter seine Hütte schauen. Das ist alles.«
»Tja Herr Brandl, dann ham Sie uns ja schon mal ein gutes Stück weitergeholfen«, sag ich zu ihm. »Da woll´n mir sie jetzt auch gar nicht mehr länger aufhalten. Sie ham ja da schließlich noch ein bisserl was zum tun mit ihrer Haushaltsauflösung und…«
»Ich hätte da aber schon noch eine Frage an Sie gehabt, wenn sie erlauben, Herr Brandl«, unterbricht mich der Franzl. »Und zwar das Bild hier, das mit dem amerikanischen Polizeiwagen drauf. Das ist schon in New York, oder? Weil wissen´s, wenn Sie das jetzt da quasi auch auf ihrem Hausflohmarkt verkaufen wollen würden, dann wär ja das direkt was für bei uns in die Dienststelle zum hängen. Da tät sich das bestimmt ganz gut machen, also bei uns da so an der Wand, verstehen´s?«
»Ja, da verstehe ich Sie ganz gut, sind ja quasi Kollegen von ihnen. Wissen Sie was? Nehmen Sie es doch einfach mit, ich schenke es ihnen. Weil ich hab ja jetzt eh keinen Platz mehr dafür, und wo wäre es schon besser aufgehoben als bei ihnen auf der Polizeistation?«
»Ach, das ist aber jetzt wirklich ganz nett von ihnen, Herr Brandl«, freut sich der Franzl. »Das können mir ja fast gar nicht annehmen, weil das hat doch bestimmt mal nen Haufen Geld gekostet. Aber wenn Sie´s jetzt wirklich nicht mehr brauchen, dann nehmen mir´s natürlich schon mit. Da können´s sich sicher sein, dass das bei uns nen richtigen Ehrenplatz

bekommt. Also dann, vergelt's Gott, und auf wiedersehen Herr Brandl. Vielleicht schauen's ja mal bei uns auf der Dienststelle vorbei, wenn's grad mal in der Nähe sind. Dann können sich's nochmal anschauen, ihr Bild.«
»Ja, das werde ich ganz bestimmt machen. Schönen Tag noch, und viel Spaß mit dem Bild.«

Freudestrahlend packt also der Franzl das Bild auf den Rücksitz unseres Dienstwagens, und als er dann endlich einsteigt, sagt er mit breitem grinsen zu mir: »Ja so ein feiner Mensch ist das, der Herr Brandl. Schenkt uns der einfach so das Bild da. Weisst was, Max? Da fahren mir jetzt gleich mal ins Büro und hängen das auf. Bin schon gespannt was der Hintermeier dazu sagt.«
»Ja, da bin ich allerdings auch schon drauf gespannt, was der dazu sagt, dass dich du da einfach so von einem Verdächtigen bestechen lässt«, sag ich zum Franzl und fahre los.
»Wieso bestechen? Der Brandl hat doch nix zum verbergen. Der hat ja gar kein Motiv dem Niederstetter was anzutun. Und wenn's vielleicht keiner hätte haben wollen, also das Bild, dann hätte er's am Ende wahrscheinlich sogar noch einfach auf den Müll geworfen. Und dafür ist's ja echt viel zu schade, gell?«
»Da magst schon Recht haben Franzl, also mit dem Motiv. Weil der Brandl ist ja jetzt direkt fein raus mit seinem Lottogewinn. Aber was der da über die Niederstetter und den Neureuter erzählt hat, das könnt schon ein Tatmotiv sein. Vielleicht sollten mir uns den ja mal etwas näher anschauen, den

Neureuter. Was meinst, Franzl?«
»Na, ich weiß nicht. Der wird uns wohl kaum erzählen, dass er da mit der Frau vom Niederstetter quasi ein Verhältnis gehabt hat. Erst recht nicht wenn er mit dem Mord was zum tun hat. Weil so ganz blöd wird ja der auch nicht sein. Das merkt ja der gleich, dass mir da ihn dann im Verdacht haben.«
»Wahrscheinlich hast Recht. Mir müssten halt erstmal rausfinden wie das Gift da überhaupt bei dem Niederstetter in den Tee reingekommen ist. Das würde uns garantiert schon ein ganzes Stück weiter bringen.«
»Also wenn mir jetzt mal ausschließen, dass sich der Niederstetter das Gift da selbst in den Tee getan hat, und er ja quasi alleine daheim war, dann kann's ja eigentlich nur wer bei ihm aus der Arbeit gewesen sein, also der ihm da das Gift da reingeschüttet hat.«
»Vielleicht war's aber auch in der Zeit, als er grad irgendwo a Backerl abgegeben hat. Das er da mit irgendeinem von seinen Kunden Streit gehabt hat, der hat ihm quasi aufgelauert, und ihm dann heimlich das Gift da rein gemischt. Ich glaub, da schauen mir uns gleich mal um, also da bei dem Schneider Logistik wo der Niederstetter gearbeitet hat. Vielleicht finden mir ja da was raus.«
»Ja und was wird aus dem Bild da? Sollen mir das jetzt die ganze Zeit da auf dem Rücksitz spazieren fahren, oder was? Weil nicht dass das nachher noch kaputt geht, wär ja ewig schade drum um das gute Stück.«
»Mei Franzl, Ermittlungen gehen halt vor. Außerdem liegt's ja gut dahinten. Das kannst später immer noch aufhängen. Jetzt schauen mir erstmal zu, dass mir da

was rausfinden. Weil sonst meint der Hintermeier wieder, dass mer mir den ganzen Tag bloß umeinander schleichen und uns die Eier schaukeln.«

»Da ist ja überhaupt nix los«, stellt der Franzl fest, als wir bei der Schneider Logistik auf den Hof fahren. »So ne riesen Halle und kein Mensch ist da der was tut. Das kann man ja gar nicht glauben, dass sich das da rentieren soll, also wenn da keiner was arbeitet.«
»Ja, das ist allerdings schon irgendwie komisch. Schauen mer mir halt erstmal ins Büro von denen. Vielleicht finden mir ja da jemanden.«
Und tatsächlich. Im Büro der Firma sitzt genau eine einzige Dame an einem Computer und ich frage sie: »Ähm, Entschuldigung? Ist da bei ihnen herinnen immer so viel los?«
»Wie bitte? Ach so, Sie meinen weil keiner da ist«, antwortet sie. »Das ist um die Zeit normal. Da sind ja alle unterwegs. Bei uns wird mehr nachts gearbeitet, damit die Fahrer so ab vier Uhr ihre Touren laden, und dann um circa sieben mit dem ausliefern anfangen können. Warum? Hätten Sie jemanden bestimmtes gebraucht?«
»Äh ja, ihren Chef, also den Herrn Schneider hätten wir gerne mal gesprochen«, sag ich.
»Ach, Sie kommen bestimmt wegen der Sache mit dem Niederstetter, oder? Da muss ich Sie aber jetzt leider enttäuschen. Denn nachdem ja gestern der Niederstetter quasi ausgefallen ist, und heute Morgen auch noch der Herr Brandl gekündigt hat, musste unser Chef sich selbst mal wieder hinter's Steuer klemmen und beim ausliefern helfen. Ich denke mal dass der vor heute Nachmittag nicht zurück sein wird.

Aber kann ich ihnen vielleicht irgendwie weiterhelfen?«
»Ja das wäre ja ganz besonders reizend von ihnen Fräulein, ähm, Selbiger«, sagt der Franzl, währen er ihren Namen von dem kleinen Schild an ihrer gut gefüllten Bluse abliest. »Weil wissen´s, das ist ja in unserm Job nicht so selbstverständlich, also dass uns da so attraktive junge Damen wie Sie helfen tun.«
»Na bei so netten Polizisten, da hilft man doch gerne.«
Und als ob es nicht schon genug wäre, setzt der Franzl noch einen drauf: »Also wenn ihnen das hier vielleicht ein wenig unangenehm ist, also ich mein die Befragung Fräulein Selbiger, dann könnt mer uns mir ja vielleicht auch einmal am Abend treffen, so irgendwo beim Italiener, vielleicht bei nem Glaserl Rotwein… «
»Jetzt hört´s halt mal auf. Das kann man ja gar nicht mit ansehen«, unterbreche ich den Franzl. »Mir samma schließlich wegen nem Mordfall da, und nicht um da eine Partnervermittlung oder sowas aufzumachen. Also Fräulein Selbiger, was können Sie uns denn jetzt sagen, über den Marcel, also den Herrn Niederstetter?«
»Naja, das war eigentlich ein ganz ein netter Kerl, und immer gut gelaunt. Da kann man jetzt überhaupt nichts negatives sagen. Auch mit unserm Chef, also dem Herrn Schneider, da hat er sich super verstanden, obwohl der ja schon manchmal etwas schwierig ist. Der Marcel war es ja auch, der dem Brandl den Job hier quasi besorgt hat. Weil bei dem was sich der in der alten Firma so alles geleistet haben muss, da hätte den der Schneider doch niemals eingestellt. Aber der

Marcel hat dann halt beim Chef ein gutes Wort für ihn eingelegt, und bisher hat er ja seine Sache auch immer ordentlich gemacht. Da gab´s nie Probleme. Ich denk auch mal, dass der Jochen, also der Herr Brandl, jetzt bloß wegen der Sache mit dem Niederstetter gekündigt hat. Das wird ihn halt bestimmt arg mitnehmen, weil sie waren ja doch wirklich gute Spezln, die beiden.«
»Naja, so mitgenommen hat der vorhin gar nicht ausgeschaut, der Herr Brandl«, sag ich. »Aber sagen Sie mal Fräulein Selbiger, Sie wissen doch bestimmt auch was da so in der alten Firma los war, mit dem Brandl, oder? Weil ich mein, Sie scheinen ja da doch recht gut informiert zu sein, so über die Mitarbeiter und so.«
»Ja schon. Der war vorher bei der Agrazidos beschäftigt. Da hat er sich wohl um die Haustechnik und die Wartung von den ganzen Maschinen gekümmert. Anscheinend hat er dabei aber so ziemlich alles mögliche mitgehen lassen, und als sie ihm dann drauf gekommen sind, da muss er seinen Chef, ich glaub dass der Neumüller oder so heißt, auf´s übelste beschimpft und sogar bedroht haben. Daraufhin ist er natürlich sofort fristlos entlassen worden. Aber wie gesagt, bei uns hat er immer ordentlich gearbeitet und war auch zuverlässig.«
»Na das ist ja schon mal ganz interessant. Hätte ich gar nicht von dem gedacht«, stelle ich ein wenig überrascht fest. »Wie lange ist jetzt das her, also dass der Brandl da bei der Agrazidos rausgeflogen ist?«
»Das muss vor drei Monaten ungefähr gewesen sein. Denn zwei Wochen danach hat er bei uns angefangen, und er war ja noch in der Probezeit.

Deshalb hat er ja auch so schnell kündigen können. Aber unser Chef hofft ja dass sich der Jochen das nochmal überlegt, und irgendwann dann doch wieder zurück kommt, also wenn sich das mit dem Marcel etwas gelegt hat.«
»Das glaub ich jetzt nicht«, sag ich zum Fräulein Selbiger. »Es sei denn sie hätten ne Zweigstelle in Paraguay. Dann vielleicht. Aber sie ham uns da ja schon mal recht schön weitergeholfen. Da sagen mir ihnen natürlich recht schönen Dank dafür, gell Franzl?«
»Äh, ja genau Max. Aber bevor mir uns da jetzt quasi wieder in den Sumpf des Verbrechens begeben, da wär das vielleicht gar nicht so schlecht, wenn Sie mir da noch ihre Handynummer geben täten, Fräulein Selbiger. Weil wissen´s, das ist ja nur für den Fall, dass mer mir da nochmal die ein oder andere Frage an Sie hätten. Verstehn´s?«
»Ja, das verstehe ich natürlich schon«, sagt das Fräulein Selbiger mit einem Augenzwinkern zum Franzl. »Aber ich würde es doch besser finden, dass Sie dann einfach nochmal hier vorbeikommen, also falls Sie da noch weitere Fragen haben. Das ist doch auch irgendwie viel persönlicher als so ein blödes Telefon. Oder finden sie nicht?«
»Ja, da ham sie natürlich Recht. Das ist ja viel persönlicher, ist das, als da mit so einem Telefon. Weil da sieht man sich ja auch nicht, also wenn man da miteinander redet«, stellt der Franzl mit seinem Honigkuchengrinsen im Gesicht fest. »Also dann Fräulein Selbiger, mir sehn mer uns falls da noch Fragen sind, also bestimmt, gell? Machen Sie´s gut, bis dann, also bald.«

Nachdem sich der Franzl endlich von der Selbiger hat losreißen können und wir gerade in den Streifenwagen steigen, meint der Franzl zu mir: »Also das ist schon wirklich eine ganz liebe, die Fräulein Selbiger. Hast gesehen wie sie mich angeschaut hat? Ich glaub ja schon dass die ein wenig auf mich steht, oder was meinst? Schließlich hat sie ja auch gemeint, dass ich mal wieder vorbeischauen soll bei ihr.«
»Ja, und warum hat´s das gesagt? Weil´s dir ihre Handynummer nicht geben wollt. Und warum nicht? Weil´s einfach nicht wollt, dass du oider Depp sie dauernd anrufst. Was tät die auch von dir wollen? Du könnt´s ja glatt als ihr Vater durchgehen.«
»Da täusch dich mal nicht, Max. Die jungen Dinger stehen nämlich auf reifere Semester. Noch dazu wenn´s so gut ausschauen wie ich.«
»Sag mal Franzl, eingebildet bist aber jetzt du gar nicht, oder? Hast überhaupt schonmal in nen Spiegel geschaut? Was schaut jetzt da gut aus? Und außerdem mach ich mir da mehr Gedanken um das, was die über den Brandl gesagt hat. Weil wenn der wirklich mit dem Neureuter so verstritten ist, dann könnt´s ja rein theoretisch auch sein, dass der das mit dem seiner Affäre zu der Niederstetter bloß behauptet um dem Neureuter noch eins reinzuwürgen, also bevor der jetzt auswandert. Und wenn mer mir jetzt da reinstechen, dann stehen mir nachher saublöd da wenn da nix dran ist, und ham wieder kein Tatmotiv. Das ist aber auch verflixt kompliziert.«
»Ja Max, und wenn mir jetzt erstmal ins Büro fahren täten und das Bild aufhängen? Also ich mein, dann

könnt mer uns ja mir in der Zwischenzeit vielleicht was überlegen, und der Rücksitz wär auch wieder frei, nur falls mir da wen verhaften müssen.«
»Gut Franzl, häng mer mir halt eben dein geschissenes Buidl auf. Das´d a Ruh gibst. Zifix.«

Geistesblitz statt Zucker

»Ja was machen Sie denn da schon wieder?«, fragt der Hintermeier als er in unser Büro geplatzt kommt und der Franzl gerade dabei ist einen Nagel für sein Bild in die Wand zu schlagen. »Wissen Sie überhaupt wie sich das bei mir drüben im Büro anhört? Das hört sich an, als würden sie die ganze Dienststelle abreißen. Was wird das überhaupt wenn's fertig ist?«
»Ja also ich hab mir gedacht, dass das da quasi schon ein wenig leer ausschaut, da bei uns an der Wand«, erklärt der Franzl dem Hintermeier und hält ihm dabei das Bild vom Brandl unter die Nase. »Und damit das da herinnen ein wenig freundlicher wird, da wollt ich halt das hier aufhängen, also da über dem Schrankerl da.«
»Ja aber deswegen müssen Sie aber doch hier nicht gleich alles kurz und klein schlagen. Ich versuche nebenan zu arbeiten, während Sie hier die Dekotante in sich entdecken. Außerdem, was ist das für ein Unfug mit dem amerikanischen Polizeiwagen? Wir sind doch hier nicht in Chicago, nur weil Sie jetzt hier zufällig mal einen Mordfall zu klären haben.«
»Ähm, New York. Das Foto ist in New York aufgenommen«, korrigiert ihn der Franzl.
»Von mir aus auch das. Aber sehen Sie jetzt mal zu dass Sie da endlich fertig werden. Bei dem Lärm kann sich ja kein Mensch konzentrieren. Ich hab übrigens schon mit den Kollegen vom BKA telefoniert, also wegen der Betrugsgeschichte da. Eine große Hilfe sind die ja nicht gerade. Die meinten

zwar, dass sie sich sofort in den nächsten Flieger nach Afrika setzen würden um nach dem Betrüger zu suchen, aber wenn sie mich fragen, dann machen die da gar nichts, außer blöde Späße und Betriebsfeste. Da braucht man sich nicht wundern wenn die Kriminalität dauernd steigt.«

»Also ich wär dann jetzt fertig, Herr Hintermeier«, verkündet der Franzl stolz. »Schaut doch super aus das Buidl. Das gibt ja direkt ein ganz ein anderes Flair da herinnen. Da fühlt man sich gleich wie bei den richtigen Cop´s, also da in der Bronx, da in New York da.«

»Ja Franzl, wirklich ganz toll schaut´s aus«, sag ich. »Bloß das die ihren Streifenwagen nicht mit nem roten Klebeband zusammengeflickt haben. Ansonsten sieht´s echt fast so aus wie da bei uns.«

»Sagen Sie mal, Sie haben doch beide leicht einen an der Waffel, oder?«, fragt daraufhin der Hintermeier.

»Ach ja, und apropos an der Waffel. Da hat ein Herr Vielhuber für Sie angerufen. Der meinte, dass er zwar sein Päckchen eben bekommen hat, dass das aber jemand anderes gebracht hat wie erwartet. Und jetzt wäre er sich nicht mehr sicher gewesen, ob er den nun auch hätte festhalten sollen. Deshalb hat er ihn erstmal laufen lassen. Also wenn Sie mich fragen, dann sollten Sie sich um diesen Vielhuber vielleicht mal kümmern. Der klang irgendwie etwas verwirrt. Nicht dass der da am Ende eine Geiselnahme, oder was weiß ich sonst noch alles plant.«

»Was? Der Vielhuber? Der hat da bei uns angerufen? Naa, da brauchen´s sich keine Sorgen machen«, beruhige ich den Hintermeier. »Weil wissen´s, das ist alles ein Teil vom Franzl seinem kriminaltechnischen

Ermittlungsplan. Also das hat schon seine Richtigkeit, so wie das da ist.«
»Ach so, Sie haben da einen Plan. Das hätte ich ja gar nicht erwartet von ihnen beiden. Da bin ich aber jetzt mal gespannt wie der aussieht. Nun, dann erzählen Sie doch einfach mal.«
»Ja also, das kann man jetzt eigentlich gar nicht so einfach erklären, weil das ist ja eine recht komplexe Angelegenheit, da der Ermittlungsplan. Also wenn´s verstehen was ich meine«, stammelt der Franzl vor sich hin. Und weil der Franzl offenbar gerade ein Erklärungsloch hat, füge dann noch hinzu: »Ja, weil wissen´s Herr Hintermeier, das ist jetzt wirklich nicht so einfach zum erklären. Weil mir sind ja da gerade in so einer Art umgekehrtem Ausschlussverfahren, unter Beachtung der Relevanz persönlicher Motive aller Beteiligten, die da quasi dann zum Tod von dem Niederstetter geführt haben könnten. Das klingt jetzt vielleicht erstmal recht kompliziert, aber eigentlich sind wir da ja schon fast kurz davor, dass mir den Fall da quasi lösen tun.«
»Na das hört sich doch schon mal ganz gut an. Halten Sie mich auf dem laufenden, also wenn Sie dann endlich soweit sind und den Mörder dingfest gemacht haben.«
»Ja selbstverständlich machen wir das, Herr Hintermeier«, sag ich erleichtert. »Da können Sie sich ganz auf uns verlassen. Und jetzt müssten mir eigentlich auch schon wieder los, also wegen den Ermittlungen da, weil es ist ja schon viertel vor zwölf, gell Franzl?«
»Ähm, ja genau. Weil nicht das mir da quasi was wichtiges verpassen. Sonst müssten mir ja da nachher

noch am Ende wieder ganz von vorne anfangen, also mit unseren Ermittlungen da. Und das wollen mir ja schließlich nicht, gell Herr Hintermeier?«
»Nein, nein, auf gar keinen Fall. Da müssen Sie jetzt unbedingt dranbleiben. Ach, und ja, das Bild macht sich da gar nicht so schlecht. Wenn es da noch mehr davon gibt, dann denken Sie vielleicht mal an mich. Ich hätte da nämlich auch noch ein wenig Platz im Büro.«

Nachdem wir den Hintermeier endlich losgeworden sind, eilen wir zu unserem enorm wichtigen 12 Uhr Ermittlungstermin. Obwohl wir allerdings genau eine Minute zu früh dran sind, steht die Lissi schon vor der Tür und meint: »Ja wo bleibt´s denn Männer? Es wird ja doch schon alles kalt.«
»Ist ja eh noch ned zwölfe«, stellt der Franzl fest.
»Was gibt´s denn überhaupt, Mama?«
»An Schweinsbraten mit Semmelknödel und Blaukraut. Weil ich hab mir denkt, wenn´s schon so viel arbeiten müsst´s, dann braucht´s auch was gescheit´s zum essen. Von nix kommt ja nix. Und jetzt beeilt´s euch halt a weng, es steht schon alles auf´m Tisch. Braucht´s euch grad noch hiehocka.«
Das lassen wir uns natürlich nicht zweimal sagen, denn der Lissi ihr Schweinsbraten ist echt grandios. Einen besseren gibt´s da nirgendwo weit und breit.
Als ich wenig später schon nach der dritten Portion, satt und zufrieden aufgeben muss, fragt die Lissi: »Und? Megt´s jetzt noch an Kaffee hinterher?«
»Ja gerne Lissi«, sag ich. »So ein Kaffee wär jetzt gar nicht so schlecht, weil nen Schnaps dürfen mir ja nicht, sind ja schließlich im Dienst. Und wenn du

vielleicht noch so ein kleines Stückerl von dem Apfelkuchen dazu hättest? Weil von dem hab ich ja gestern nix mehr erwischt.«

»Naa, von dem Apfelkuchen hab ich nix mehr. Weil wisst's, gestern war ja noch die Feichtbauer Resi mit ner Freundin von ihrer da, beim Kaffeetrinken. Wie jeden Mittwoch halt.«

»Was macht's ihr dann da so überhaupt, also wenn's euch da immer trefft's?«, fragt der Franzl die Lissi, während ich mich gerade darüber ärgere, dass ausgerechnet die Feichtbauer und der Hintermeier schuld daran sind, dass ich jetzt keinen Kuchen bekomme.

»Ja mei, weißt Franzl, mir sitzen halt immer a bisserl zusammen und ratschen a wenig. So über dies und das, aber nix besonders. Und ab und zu erfährt ma halt auch mal was neues. Muss ma ja schließlich wissen, was da so los ist, da bei uns.«

»Aha, versteh schon«, stellt der Franzl fest. »Aber dass mir du da ja nix der Feichtbauer Resi von unseren Ermittlungsinternas erzählst. Weil wenn die da was mitkriegt, dann weiß das a Stund später schon das ganze Dorf. Das ist nämlich eine ganz eine furchtbare Ratschen, das Weib. Und angehen tut sie's ja schon zweimal nix.«

»Ja sag mal Franzl, was glaubst denn du von mir?«, fragt ihn die Lissi entrüstet während sie den Kaffee eingießt. »Meinst du vielleicht dass ich derer alles auf'd Nasen bind? Hä? Das brauchst nicht glauben. Ich weiß doch dass die alles gleich umeinandertratscht.«

»Ist schon recht, Mama. Wo hast'n den Zucker überhaupt? Oder hat den jetzt vielleicht auch schon die Feichtbauer leer gemacht?«

»Da steht er«, sagt die Lissi und zeigt auf ein kleines Fläschchen mit einer klaren Flüssigkeit drin. »Ab sofort gibt's da keinen Zucker mehr, sondern Stevia. Zwei bis drei Tropfen ersetzen da nämlich einen Würfelzucker, und das quasi ohne Kalorien. Außerdem ist das zu hundert Prozent pflanzlich. A bisserl was gesund's wird dir ja schließlich nicht schaden. Hast eh schon wieder zugenommen.«

»Ja aber Mama, woher willst jetzt du das überhaupt wissen, also dass das da so gesund ist? Da kann doch alles mögliche drin sein. Und schmecken tut's auch wie Arsch und Friedrich. Wo hast jetzt das Geraffel überhaupt her?«

»Bestellt. Im Internet«, sagt die Lissi trotzig. »Bei so einer Bio und Wellnessseite. Und da tät's noch viel mehr so Sachen geben, aber der feine Herr Sohn kümmert sich ja nicht um seine Gesundheit. Außerdem hast's mir ja du noch selbst gebracht. Das war nämlich das Backerl was du mir gestern mitgebracht hast. Und jetzt stell dich nicht so an, wirst schon nicht gleich sterben davon.«

»Der Franzl vielleicht nicht«, sag ich. »Aber vielleicht der Niederstetter. Weil wenn der jetzt auch so ein Stevia genommen hat, also statt nem Zucker, und seine Frau das gewusst hat, dann hat die ihm da vielleicht das Gift mit reingemischt, und er hat sich's dann selbst in den Tee reingetan. Weil der hat's ja schließlich nicht gewusst. Und sie ist dann in aller Ruhe auf dieses komische Seminar da nach Würzburg gefahren, und hat sich da quasi ein perfektes Alibi zu verschafft. Genau so schaut's gerade aus. Jetzt müssten mir das halt nur noch

beweisen können.«
»Also das klingt jetzt irgendwie gar nicht so unlogisch, Max«, stellt der Franzl fest. »Und weißt was? Am besten ist, wenn ich gleich mal den Brenninger anrufe. Weil wenn der so einen Stevia da gefunden hat, also da in dem Niederstetter seinem Tee drin, dann besorgen mer mir uns gleich mal nen Durchsuchungsbeschluss, stellen das vergiftete Zuckerzeugl da sicher, und schwuppdiwupp sitzt´s drin im Kittchen, die Niederstetter. Allerdings müssten mir da noch irgendwie vorher die 30 Euro von der kriegen, also weißt schon, die wegen dem tanken da beim Bertl.«
»Herrgott Franzl. Jetzt vergiss halt a mal die 30 Euro. Da geht´s um Mord. Und jetzt fragst gefälligst den Brenninger, ob der da was gefunden hat, also von dem Steviazeugs da.«
Während der Franzl also den Brenninger anruft, fragt mich die Lissi: »Seid´s euch da schon sicher? Also dass die Eva da den Marcel umgebracht hat. Weil warum sollt sie das gemacht ham?«
»Ganz einfach Lissi. Weil sie Eva wahrscheinlich ein Verhältnis mit ihrem Chef da von der Agrazidos, also dem Neureuter hat. Und da wird ihnen halt der Marcel ein wenig im Weg gewesen sein. Also hat sie ihn einfach weggeräumt. Weil weißt, Liebe und Eifersucht sind wie der erfahrene Kriminologe ja weiß, die häufigsten Tatmotive. Die kommen noch vor´m Geld.«
»Ja so ein Schmarrn, Max«, kontert die Lissi gleich. »Die wenn nicht mehr mit dem Marcel hätte beieinander sein wollen, dann hätte sich die doch einfach scheiden lassen. Weil die ham doch nen

Ehevertrag gehabt. Der hätte von ihrer nix bekommen, aber gar nix. Da hat der alte Moser schon drauf geschaut wie´s damals geheiratet ham, die Eva und der Marcel. Weil der hat ja auch gedacht, dass der Marcel die Eva bloß wegen dem Geld und dem Hof heiraten möcht. Weil der ist ja selber arm wie eine Kirchenmaus gewesen, der Niederstetter.«
»Woher weißt jetzt du das alles schon wieder? Also das mit dem Ehevertrag und dass der Niederstetter nix hatte«, frag ich die Lissi. »Weil das wird ja nicht gerade in der Zeitung gestanden sein, oder?«
»Ja weißt Max, die Leut reden halt manchmal a weng. Aber ma sagt ja nix, ma red ja bloß.«
»Hat das die Resi wieder gewusst, oder? Die alte Hexe. Die wenn mal stirbt, dann müssen´s derer die Goschn aber auch extra erschlagen, derer Ratschen, der greisligen.«
»Na schau Max, aber manchmal ist´s ja gar nicht so schlecht, wenn´s was verzählt die Resi. Weil ois wisst´s ihr zwoa a ned, gell?«
»Naa, aber meine ganze Theorie ist jetzt wegen dera schon wieder beim Deiwi. Und so schön hät´s gepasst.«
»Also in dem Niederstetter seinem Tee, da war definitiv so ein Stevia drin gewesen«, meldet sich der Franzl wieder zu Wort nachdem er sein Telefonat beendet hat. »Aber nicht viel, sagt der Brenninger. Außerdem meint er, er hätte uns seinen Bericht als Email geschickt, also irgendwie in einem Anhang oder so. Und ob mir nicht lesen könnten, weil mer mir so blöd fragen. Ich glaub ja, dass der vielleicht ein bisserl überarbeitet ist, unser Herr Brenninger. Aber das ist ja jetzt auch wurscht. Jetzt fahren mir

erstmal hin zur Niederstetter und verhaften's, gell Max?«
»Naa Franzl, das wird jetzt nicht so einfach. Weil die Niederstetter überhaupt mal so rein überhaupt keinen Grund dafür hatte ihren Mann umzubringen. Vielleicht ham mir ja da auch irgendwo was übersehen. Aber da muss es noch a andere Lösung irgendwo geben.«
»Ja und was ist mit dem Neureuter oder wie der heißt?«, fragt die Lissi. »Also wisst's schon, der mit dem die Niederstetter da ein Verhältnis hat. Vielleicht hat ja der was damit zu tun, mit dem Marcel seinem Tod.«
»Das ist jetzt auch noch nicht so ganz sicher«, sag ich. »Weil das hat uns der Brandl gesagt, also das mit dem Verhältnis. Aber der könnt da vielleicht grad a bisserl sauer auf den Neureuter sein, weil ihn der ja da bei der Agrazidos rausgeschmissen hat. Wahrscheinlich will er ihm bloß noch schnell eins auswischen bevor er da nach Paraguay geht.«
»Was? Der Brandl geht auf Paraguay? Von was will der da leben? Weil der hat ja auch nix«, entrüstet sich die Lissi. »Der hat doch mit Sicherheit Dreck am Stecken. Weil warum tät der jetzt sonst so schnell verschwinden wollen. Garantiert dass der was mit dem Mord zu tun hat.«
»Naa Mama. Der Brandl hat halt a dreiviertelte Million im Lotto gewonnen. Und jetzt geht er wo hin, wo er mit dem Geld auskommt bis zur Rente. Weil zum arbeiten hat er wahrscheinlich jetzt keine direkte Lust mehr, der feine Herr. Außerdem hat uns der ja so a Buidl für unser Büro geschenkt, weil er brauch's nimmer, hat er gesagt.«

»Du weißt fei scho dass das Bestechung ist?«, fragt die Lissi den Franzl vorwurfsvoll.
»Da, siehst Franzl? Weil genau das gleiche hab ich ihm auch gesagt, deinem Herrn Sohn. Aber er hört ja ned wenn ma ihm was sagt, gell Franzl? Jetzt erklärst mal deiner Mutter, warum du dich da von dem Brandl hast bestechen lassen. Da bin ich jetzt schon gespannt drauf, wie du das machst.«
»Also das ist doch keine Bestechung. Der ist ja noch nicht mal verdächtig, der Brandl. Jetzt dürft´s fei schon aufhören mit dem Schmarrn. Aber die Niederstetter, die ist für mich sogar höchst verdächtig. Und da fahren mir jetzt auch hin. Dann ist da Schluss mit Bestechung und so. Da werden jetzt Nägel mit Köpfen gemacht. Auf geht´s Max.«
»Gut, wenn du meinst Franzl, dann fahren mir jetzt dahin und blamieren uns mal so richtig. Weil die war´s bestimmt nicht«, sag ich. »Aber du wirst´s ihm ja dann schon irgendwie erklären, dem Hintermeier. Ist ja schließlich dein Spezl. Weil sonst tätest du ihm ja auch keinen Kuchen mitbringen, gell?«
»Was? Jetzt geh Burli, du hast doch ned etwa dem Hintermeier den Apfelkuchen geb´n den i eich eibackt hob, oder?«, fragt die Lissi entsetzt. »Des is ja schonwieder a Bestechung, und außerdem fui z´schod für den.«
Anscheinend reicht es dem Franzl jetzt endgültig, und er meint bloß: »Jetzt langt´s. Jetzt fahren mer mir aber auf der Stelle zur Niederstetter. Komm Max. Servus Mama.«

Also machen wir uns auf Grund zahlreicher Wünsche eines einzelnen Herren, nämlich denen vom Franzl,

auf den Weg zur Niederstetter. Allerdings scheint der Franzl ein wenig eingeschnappt zu sein, denn auf dem ganzen Weg redet er kein Wort mit mir. Erst als wir bei der Niederstetter vor der Türe stehen und die Eva öffnet, bricht er sein Schweigen: »So, da sind wir nochmal. Ham sie vielleicht ein Stevia im Haus? Also Sie wissen schon, das ist so eine Art flüssiger Zuckerersatz.«
Anscheinend etwas irritiert von dem Franzl seinem forschen Auftreten stammelt die Niederstetter: »Ähm nein, also ja, schon. Warum? Brauchen Sie´s für ihren Kaffee, oder was soll die Frage jetzt?«
»Also die Fragen stellen hier immer noch mir, gell Frau Niederstetter?«, stellt der Franzl erstmal klar.
»Und? Nehmen´s das her, das Stevia?«
»Nein, eigentlich nicht. Der Marcel hat´s immer hergenommen, weil er meinte dass es viel gesünder wäre als Zucker. Alleine schon wegen den Kalorien. Mir hat´s einfach nicht geschmeckt. Ich find dass das irgendwie so einen etwas eher bitteren Nachgeschmack hat.«
»Und weiter? Wo ham´s das Zeugl? Oder ist´s vielleicht grad auf mysteriöse Weise verschwunden? Jetzt lassen´s sich halt nicht alles aus der Nase ziehen.«
»Na entschuldigen Sie mal. Ich weiß ja schließlich noch nicht mal was Sie eigentlich von mir wollen. Natürlich ist es nicht verschwunden. Im Küchenschrank wird´s halt stehen. Wie immer.«
»Na dann schauen mir uns das doch mal an, das Corpus Delicti«, meint der Franzl, schiebt die Niederstetter zur Seite, und marschiert schnurstracks in die Küche, wo er einen Schrank nach dem anderen

aufreißt.
»Ja aber, Sie können doch hier nicht so einfach…«, stammelt die Eva.
»Doch, das können wir«, unterbreche ich sie. »Das nennt man Gefahr in Verzug. Da dürfen mir quasi alles. Ganz besonders der Franzl.«
»Na da ist´s ja schon, das Flascherl was mir gesucht haben«, bekundet der Franzl seinen Fund. »Also gut versteckt ham´s das ja nicht. Außerdem ist das ja genau das gleiche, dass die Mama daheim hat. Das schmeckt wirklich greislig. Aber jetzt schauen mer halt mal was der Brenninger dazu sagt.«
»Ja genau, aber nimm´s halt gleich mit ner Plastiktüten«, sag ich zum Franzl. »Weil wenn da außen an dem Flascherl was dran ist, dann langst du da nei mit deine Pfoten und verteilst das überall. Dann bist wahrscheinlich auch bald hops.«
»Wie jetzt? Mit der Plastiktüten nehmen? Wie soll jetzt das gehen? Ich muss das ja erstmal da rein bringen, in die Tüten.«
»Naa Franzl. Das ist wie beim Hundehaufen«, klär ich den Franzl auf. »Da stülpst du dir die Tüte verkehrtherum über die Hand, und dann greifst zu. Also in dem Fall halt das Flascherl statt den Haufen. Damit´s halt nix an die Finger kriegst.«
Während der Franzl also das Steviaflascherl sicherstellt und es im Auto verstaut, frage ich die Eva: »Sagen´s mal Frau Niederstetter, ham Sie eigentlich ein Verhältnis mit ihrem Chef, also dem Herrn Neureuter.«
»Nein. Wieso? Wir verstehen uns zwar schon recht gut, aber deswegen hat man ja nicht gleich ein Verhältnis miteinander. Wie kommen sie überhaupt

da drauf?«

»Naja, Sie sind halt zusammen mit dem Herrn Neureuter auf seiner Hütten am Weitsee gesehen worden. Da wird halt schnell ein wenig spekuliert, da auf'm Land heraußen. Wenn's verstehen was ich meine.«

»Allerdings verstehe ich das«, meint die Niederstetter. »Nur ist es halt so, dass ich mir die Hütte vor vier Wochen bloß mal angesehen habe. Und das auch nur, weil wir noch keinen Platz hatten um dem Marcel seinen Geburtstag zu feiern, was wir allerdings dann vorletztes Wochenende auch tatsächlich gemacht haben. Weil's zum einen recht schön ist da draußen, und zum anderen war halt in den umliegenden Wirtshäusern nichts mehr frei. Deshalb war ich da. Und wenn Sie's ganz genau wissen wollen, der Marcel und der Herr Neureuter haben sich ganz prima verstanden. Sogar einen Job hat er ihm angeboten, als Fahrer. Aber der Marcel hat halt immer gemeint, dass es nicht gut ist wenn man als Paar in ein und der gleichen Firma arbeitet. Dabei wäre das für den Neureuter wirklich niemals ein Problem gewesen. Auch dass er uns die Hütte für die Party gegeben hat, das war irgendwie selbstverständlich für ihn. Ich mein, er hätte uns das ja eigentlich auch gar nicht erst anbieten müssen. Was er ja auch bestimmt nicht gemacht hätte, wenn er den Marcel nicht hätte so gut leiden können. Also das können Sie mir glauben, da ist absolut nichts dran an der Geschichte. Wer hat ihnen das eigentlich gesteckt, also dass ich da was mit dem Neureuter haben soll? Vielleicht der Brandl? Der wollt uns ja eh bloß auseinander bringen. Dem hat's ja noch nie gepasst, dass wir zusammengekommen sind. Aber fragen´s mich jetzt nicht warum. Ich weiß es nämlich nicht.«

»Tja Frau Niederstetter, von unserer Seite her war´s das dann jetzt erstmal«, sag ich. »Mir bring mer jetzt das Flascherl ins Labor, und dann tät ich sagen schauen mir mal weiter.«

»Ja meinen Sie dass da das Gift drin ist, da in dem Stevia?«

»Momentan deutet jedenfalls einiges darauf hin. Aber in ein paar Stunden wissen mir da schon mehr.«

»Aber Sie glauben jetzt nicht, dass ich da was mit zu tun hab, oder? Und wenn, dann würde ich ja bestimmt das Gift nicht so einfach bei mir im Küchenschrank rumstehen lassen und es ihnen dann auch noch sagen. Das hätte ich doch schon längst verschwinden lassen.«

»Das glaub ich allerdings auch, Frau Niederstetter. So blöd schauen´s jetzt wirklich ned aus. Aber sagen´s mal, war da vielleicht sonst noch wer da in letzter Zeit? Also außer dem Herrn Brandl am Dienstag Abend.«

»Nein, ich glaub nicht. Oder ja, doch. Letzte Woche war eine Freundin von mir da. Die Bianca. Aber die hat mir bloß schnell die Schüsseln von der Geburtstagsfeier vorbeigebracht. Weil wissen Sie, da war halt so viel übriggeblieben, und dann hat halt jeder was mit nach hause genommen. Aber die war nur kurz an der Haustüre, hat mir die Schüsseln gegeben, und ist dann auch gleich wieder gefahren.«

»Ja gut, das ist ja dann doch recht überschaubar. Dann hoffe ich jetzt mal für Sie, dass mir da tatsächlich das Gift drin finden, also in dem Stevia.

Weil sonst könnt´s unter Umständen vielleicht ja eher schlecht für Sie ausschauen. Dann müss mer nämlich weiter suchen. Und wer suchet, der findet ja bekanntlich auch. Aber ich wünsch ihnen natürlich trotzdem noch einen schönen Tag, gell Frau Niederstetter.«

Auf dem Weg zum Auto kommt mir der Franzl entgegen und meint: »Ham mir da jetzt nicht vielleicht noch eine Kleinigkeit vergessen? Zum Beispiel die Frau Niederstetter zum verhaften, oder sowas in der Art.«
»Ach, Schmarrn Franzl. Die war´s gewiss ned. Lass uns lieber mal das Steviaflascherl ins Labor bringen. Dann wissen mir nachher schon mehr. Ich glaub ja eher, dass der Brandl was mit der ganzen Sache zum tun hat. Weil der war der einzige der in letzter Zeit da war. Also eigentlich ja genau am Abend vor dem Niederstetter seinem Tod. Ich weiß bloß nicht was der für nen Grund gehabt haben soll dem Marcel da was anzutun.«
»Ja heißt das, dass mir jetzt zum Brenninger auf Traunstein fahren? Oder verhaften mir erst den Brandl? Weil wenn mer mir jetzt erst auf Traunstein fahren, da müssen mir uns dann aber schon noch erst einen Proviant mitnehmen.«
»Naa Franzl, i bin doch ned deppert. Mir fahren auf´s Revier und rufen a Taxi. Der soll das giftige Drum da beim Brenninger abliefert. Weil mir können ja hier nicht weg. Mir müssen ja schließlich noch ermitteln. Macht ja sonst keiner.«
»Ja und wer zahlt das, also das Taxi mein ich. Das kost ja auch a Geld. Und wahrscheinlich nicht grad

wenig.«
»Gute Frage, Franzl. Wahrscheinlich der Brenninger, also tipp ich jetzt mal. Weil ich tu´s sicher nicht. Und jetzt steig endlich ein, dass mir hier weg kommen.«

Geteiltes Glück ist halbes Glück

Auf der Dienststelle angekommen ruft der Franzl erstmal ein Taxi um das Steviafläschchen zum Brenninger nach Traunstein in die Gerichtsmedizin zu schaffen. Allerdings steht plötzlich der Hintermeier bei uns im Büro und meint: »Taxi? Hab ich da eben Taxi gehört? Nach Traunstein in die Gerichtsmedizin? Ich glaub Sie sind nicht mehr ganz bei Trost. Sie haben doch einen Dienstwagen. Oder wollen Sie mir jetzt etwa erzählen, dass der die lächerlichen paar Kilometer bis Traunstein nicht mehr schafft? Und was wollen Sie da überhaupt?«
»Ja wissen´s Herr Hintermeier, mir wollen da ja eigentlich gar nix«, sag ich. »Aber mir ham da bei der Frau Niederstetter ein Fläschchen mit Stevia beschlagnahmt, wo wahrscheinlich das Gift drin ist mit dem sich der Herr Niederstetter, also der Marcel, sich quasi den Tag damit versüßen wollte. Oder halt eben seinen Tee. Und damit mir das auch sicher wissen, müsste der Brenninger halt mal nachschauen ob das Gift da auch wirklich drin ist, also in dem Flascherl. Verstehen´s? Und selber fahren geht ja grad nicht, weil mir müssen ja da noch weiter ermitteln. Außerdem könnt´s ja schon leicht sein, dass mir da unterwegs das ein oder andere Teil von unserm Fahrzeug verlieren. Weil das ist ja alles nur provisorisch gerichtet. Also ham mir uns da halt gedacht, also bevor mir da nachher noch irgendwo mit einer Panne rumstehen tun, wir rufen einfach ein Taxi das dann das Flascherl zum Brenninger bringt.«

»Wie bitte? Wer soll denn das bezahlen? Etwa der Steuerzahler, oder wer?«, geht der Hintermeier auf. »Das kommt ja gar nicht in die Tüte. Sie rufen jetzt auf der Stelle bei dem Taxiunternehmen an und bestellen dieses Taxi wieder ab. Das wäre ja noch schöner. Außerdem bin ich ja auch noch da. Haben Sie beiden daran vielleicht schon mal gedacht?«
»Ach so, ja. Daran haben wir natürlich auch schon gedacht«, sag ich. »Aber wir ham dann halt gemeint, weil Sie ja sowieso immer so viel um die Ohren haben, da wollten mir Sie damit jetzt nicht auch noch belästigen.«
»So ein Blödsinn. Dafür bin ich doch schließlich da, also um einzugreifen wenn Not am Mann ist. Wir sind doch schließlich ein Team. Und Max, Franzl, merken Sie sich eins, Sie können jeder Zeit mit ihren Problemen zu mir kommen. Das ist schließlich mein Job, ja, um da bei Bedarf Lösungen zu erarbeiten. Und jetzt geben Sie endlich das Fläschchen her. Das bringe ich jetzt persönlich zum Brenninger. Dann hat der auch mal den gewissen Nachdruck und das ganze wird etwas beschleunigt. Wenn Sie verstehen was ich meine.«
»Ja, das verstehen mir sehr gut, also was Sie da meinen Herr Hintermeier«, sagt der Franzl und drückt dem Hintermeier die Tüte mit der Steviaflasche in die Hand. »Aber dass mir jetzt da den Taxifahrer nicht mehr brauchen, das könnten´s ihm vielleicht gleich selber sagen, also wenn Sie jetzt dann eh fahren müssen. Weil der steht ja grad schon vor der Tür.«
»Ähm, ja gut, mach ich«, stammelt der Hintermeier. »Also ich bin dann mal weg. Und ich melde mich sobald das Ergebnis vorliegt. Sie halten hier solange

die Stellung und passen auf's Revier auf, ja? Nicht das mir da Klagen kommen. Ach, und ja, falls irgendwas ist, dann können Sie mich auf dem Handy erreichen. Nummer haben sie ja.«
»Ja, das machen wir schon Herr Hintermeier. Da brauchen's sich keine Sorgen machen. Und fahren's vorsichtig, nicht das noch was passiert, gell?«, ruft der Franzl dem Hintermeier nach als dieser die Dienststelle verlässt.
»Du, sag mal Franzl, das ist jetzt aber schon irgendwie a bisserl blöd, oder?«, frag ich. »Weil wenn mer mir jetzt da irgendwo dringend hin müssen, dann ist ja quasi gar keiner mehr im Revier. Weil der Hintermeier ist ja jetzt dann schon a Zeit lang unterwegs, oder?«
»Ja, das ist schon irgendwie blöd«, stellt der Franzl ebenfalls fest. »Aber weißt was? Da machen mir uns ganz einfach ein Schild wo dann drauf steht, dass mir grad wegen Ermittlungen unterwegs sind, schreiben die Handynummer drunter, und hängen's draußen an die Türe. Dann kann ja jeder anrufen, also falls irgendwas wäre wenn mir grad mal nicht da sind.«
»Des is a super Idee Franzl. Mach du schon mal das Schild, dann ham mir's wenigstens im Falle eines Notfall's. Und ich geh derweil mal für kleine Jungs. Aber laminier's ein, das schaut nämlich wesentlich professioneller aus.«

Nachdem ich erfolgreich mein kleines Geschäft verrichtet habe und wieder in unser Büro komme, sagt der Franzl zu mir: »Du, der Bertl hat grad angerufen. Der meint, er hätte die Teile schon da und könnt unser Auto jetzt richten. Also wenn mir da jetzt

quasi Zeit hätten dafür.«
»Ja und? Was hast ihm gesagt?«
»Na das mir eigentlich schon Zeit hätten, aber dann halt keiner mehr auf der Dienststelle ist.«
»Ach geh, Franzl. Da fahren mir jetzt schnell hin, zum Bertl. Wer weiß wann der sonst wieder Zeit hat. Hast das Schild schon fertig? Weil dann können die Leut ja anrufen wenn was is. Mir simma ja ned weit weg.«
»Das Schild is scho fertig, muss ich halt nur noch einlaminieren. Aber das ham mir ja gleich.«

Wir laminieren also schnell noch das Schild ein, hängen es draußen an die Türe, und fahren zum Bertl an die Tankstelle, damit der uns endlich unser Auto richten kann. Dort angekommen stellt der Franzl plötzlich fest: »Mei, bin ich ein Depp. Weißt was ich vergessen hab, Max?«
»Naa. Keine Ahnung. Aber jetzt sag nicht, dass du vergessen hast unsere Handynummer auf das Schild zum schreiben.«
»Naa, die steht schon drauf. Aber als mir bei der Niederstetter waren, da hab ich vergessen die wegen den 30 Euro da von dem tanken zu fragen. Und jetzt wo ich dem Bertl seine Tankstelle seh, da fällt´s mir grad wieder ein. Das ist aber auch wirklich saublöd.«
»Ja mei Franzl, dann bleibst halt in Zukunft da beim Bertl stehen, dann vergisst es nicht wieder, gell?.«
»Naa, den Franzl darfst schon wieder mitnehmen«, meint der Bertl, der anscheinend unser Gespräch mitbekommen hat. »Außer du magst da unbedingt in der Werkstatt mithelfen. Dann darfst schon dableiben, Franzl.«

»Ja hast du eine Ahnung, Bertl. Mir ham ja früher, da ham ja mir alles selber gerichtet. Da ham mir keinen Mechaniker nicht gebraucht«, rechtfertigt sich der Franzl. »Sogar schneller gemacht ham mir's, unsere Maschinen. Und an Haufen Leut war'n mir immer, da früher bei uns in der Garage draußen. Ja, das war noch eine ganz eine schöne Zeit war das.«

»Ich fass es nicht«, kontert der Bertl. »Der Oberordnungshüter persönlich ist früher mit nem frisierten Mofa durch's Dorf geheizt, oderwas?. Na das wenn dein Chef wüsst. Aber deswegen seid's ja gewiss nicht da, oder? Wollt's sicher dass ich euer Schnauferl da richt. Das kann aber a bisserl dauern. Also ich tät mal so sagen, dass ihr den etwa morgen in der Früh wieder abholen könnt's.«

»Was? Erst morgen in der Früh?«, frag ich überrascht. »Das geht ja gar nicht, Bertl. Das ist ja schließlich ein Dienstwagen, und den brauchen mer ja mir zum ermitteln und so. Geht's ned a weng schneller? Ich mein, mir könnt ma dir ja vielleicht sogar a bisserl helfen. Weil der Franzl kennt sich da ja schließlich aus mit sowas.«

»Ja um Gotteswillen, hört's mir bloß auf. Jetzt geht's erstmal schön zur Susi rein und trinkt's in Ruhe nen Kaffee. Der geht übrigens auf's Haus. Und ich schau derweil was ich da machen kann.«

»Das ist aber jetzt mal eine wirklich gute Idee die du hast Bertl«, stimmt ihm der Franzl zu. »Weil weißt, die Susi ist uns eh viel lieber als wie du.«

»Ja, is scho recht. Und jetzt schleicht's euch und lasst's mich da in Ruhe arbeiten. Sonst wird's ja nie fertig.«

Das lassen wir uns natürlich nicht zweimal sagen und gehen rüber zur Susi in die Tankstelle, um uns dort unsere kostenlose Koffeinration zu holen. Gerade als uns die Susi den Kaffee zu unserem Stehtisch bringt, klingelt dem Franzl sein Handy. Es ist der Hintermeier, der ganz offensichtlich schon brisante Neuigkeiten für uns hat. Denn nach dem doch recht kurzen Telefonat, sagt der Franzl zu mir: »Du Max, stell dir vor, der Hintermeier hat tatsächlich schon ein Ergebnis. Und zwar war in dem Flascherl fast nur E 605 drin, und nur ganz wenig von dem, was da eigentlich hätte drin sein sollen, also dem Steviazeugs. Und der Hintermeier kommt dann jetzt wieder zurück, weil das mit den DNA Spuren an dem Flascherl dauert irgendwie länger. Da kriegen mir dann frühestens morgen bescheid. Was mach mer mir denn da jetzt? Verhaften mir die gleich, also die Niedestetter, oder warten mir noch?«

»Mei Franzl, die wird ja nicht so blöd sein und ihrem Mann das Zeug da unterjubeln, und´s dann ausgerechnet uns freiwillig geben. Naa, da ist noch irgendwas anderes im Busch. Das spür ich. Außerdem bräucht mer mir da ja erstmal noch a Vergleichsproben von der Niederstetter zwecks der DNA. Und jetzt schaltest endlich mal das scheiß Handy da aus, weil sonst ruft ja da dauern wer an. Da kann man sich ja überhaupt nicht konzentrieren.«

»Is scho aus. Und wenn jetzt aber die Niederstetter bloß will, dass mir quasi denken, dass die gar nicht so blöd sein kann? Das wär ja schließlich auch noch ne Möglichkeit. Dann lassen mer´s mir laufen, bloß weil mir denken dass die gescheit wär.«

»Wär´s ja dann auch.«

»Was? Blöd?«
»Naa, gescheit.«
»Fangt´s jetzt es streiten an, oder was?«, fragt die Susi, die sich, weil gerade nix los ist, mit einem Kaffee zu uns an den Tisch gesellt.
»Naa, Schmarrn«, sag ich. »Mir analysieren da bloß grad mal unsere Ermittlungsergebnisse.«
»Und? Wie weit seid´s?«, will sie wissen. »Habt´s euren Mörder schon?«
»Vielleicht ist es ja aber auch eine Mörderin«, wirft der Franzl ein. »Weil so mit Gift, das ist ja eigentlich schon mehr so Frauensache, also ohne da jemandem was unterstellen zu wollen. Aber mir sind ja da eh schon ganz kurz davor, dass mir den Fall da lösen. Bloß so ganz genau wissen tun mir´s halt noch nicht. Aber weißt was mir ganz sicher wissen, Susi? Wer deinen Sechser im Lotto getippt hat. Da schaust, gell?«
»Mei Franzl«, sag ich. »Du musst doch jetzt nicht alles da rumverzählen was du weißt, oder? Außerdem geht´s ja keinen was an.«
»Ich erzähl ja doch gar nix rum. Ich sag´s ja bloß der Susi. Außerdem hab ich ihr ja noch gar nicht´s davon erzählt, dass das der Brandl war, der wo den Sechser da hatte. Da brauchst dich jetzt überhaupt nicht aufzuregen.«
»Was? Der Brandl hat den Lottosechser? Das kann ja gar nicht sein«, stellt die Susi überrascht fest. »Also eigentlich kann das schon sein. Aber dann hätte der Niederstetter ja auch gewonnen. Weil die beiden ham immer zusammen gespielt. Jeden Freitag nach der Arbeit ham die hier bei mir ihren Lottoschein abgegeben. Auswandern wollten´s, also falls sie mal

nen größeren Gewinn ham. Ich glaub nach Portugal, oder so. Und dann ham´s immer noch so zum Spaß gesagt, dass sie da ja dann ne Tankstelle aufmachen könnten, falls ich Lust hätte mitzukommen.«
»Ja das ist ja mal ne Überraschung. Da schaut´s ja gleich alles ganz anders aus. Und du bist dir wirklich ganz sicher dass die beiden immer zusammen gespielt haben? Auch letzten Freitag?«, frag ich die Susi.
»Ja sicher. Weil letzten Freitag hatten die beim Spiel77 drei richtige Endziffern. Davon ham die dann den neuen Lottoschein bezahlt und den Rest gleich untereinander aufgeteilt. Das weiß ich noch ganz genau. Weil´s ihnen nämlich nicht genau ausgegangen ist, also mit dem teilen. Und dann ham´s mir noch a Fuchzgerl für die Kaffeekasse gegeben damit´s passt.«
»Tja, dann hat er ja jetzt jetzt plötzlich doch ein eindeutiges Tatmotiv, unser feiner Herr Brandl«, stelle ich fest. »Und ich glaub auch nicht, dass der aus der Nummer so schnell wieder rauskommt.«
»Ja meinst du jetzt etwa dass der Brandl den Niederstetter da vergiftet hat?«, fragt mich der Franzl ganz ungläubig. »Das ist doch Schmarrn. Das war´n doch die besten Freund. Da knipst man doch nicht einfach so dem anderen das Licht aus.«
»Doch Franzl. Genau das meine ich. Weil beim Geld hört ja bekanntlich die Freundschaft auf. Und geteiltes Glück ist halbes Glück«, sag ich. »Ganz besonders dann, wenn der eine gar nicht mehr auswandern will, sondern vielleicht lieber den Hof vom Moser übernehmen will. Da ist dann die Hälfte von ner dreivierteleten Million schon ein verdammt

gutes Mordmotiv. Und das Gift dafür könnt er ja auch leicht gehabt haben. Dein Fräulein Selbiger hat uns doch erzählt, dass der bei der Agrazidos so ziemlich alles hat mitgehen lassen was da nicht niet und nagelfest war. Aber das hast ja du da wahrscheinlich grad nicht mitbekommen, weil's so a schöne Bluse anhatte, das Fräulein Selbiger, gell Franzl?«
»Naa, Schmarrn. Das hab ich schon mitgekriegt. Deshalb hat uns der auch von dem angeblichen Techtelmechtel da erzählt, was die Niederstetter mit dem Neureuter gehabt haben soll. Bloß damit mer mir da ner falschen Spur nachgehen sollen, und er da in Ruhe sein ganzes Zeugl zusammenpacken kann, um dann auf nimmer Wiedersehen da nach Paraguay verschwindet. Ja, das hat er sich schon recht gut ausgedacht, der Herr Brandl. Sag mal Max, für wie blöde hält uns der eigentlich? Meint der vielleicht dass mir da nur Deppen sind, da bei der Polizei, oder was? Aber ich sag dir was. Das kann der machen mit wem der will, aber nicht mit uns. Komm Max, den schnapp mer mir uns gleich mal, da das Bürscherl, das verreckte.«
»Naa Franzl, nur nix überstürzen. Weil beweisen müssten mir's ihm ja auch können. Allerdings hätte ich da schon a Idee. Du Susi, du hast nicht zufällig so einen Stevia da, oder?«
»Naa, gewiss ned. Das schmeckt doch greislig. Da denkt ja gleich a jeder dass ich ihn vergiften will wenn ich das da her stell.«
»Gut, dann müssen mir halt nochmal bei der Lissi vorbeischauen. Auf geht's Franzl. Fahr'n mer.«
»Ja wieso Max? Was hast denn vor?«
»Das wirst schon sehen. Erstmal brauchen mir aber

das Steviaflascherl von der Lissi. Den Rest verzähl ich dir später. Jetzt müssen mer mir allerdings erst noch schauen wie weit der Bertl mit unserm Auto ist. Nicht das der da am Ende schon alles zerlegt hat.«

Aber das hat er natürlich schon, weil der Bertl ja ein ganz ein fleißiger ist. Bloß das zusammenbauen dauert halt etwas länger. Und dafür, dass wir jetzt unbedingt unseren Streifenwagen wieder brauchen, scheint der Bertl auch eher wenig Verständnis aufzubringen. Denn er ist der Meinung: »Ja wenn's eh schon wisst's, dass ihr kei Zeit ned habt's, warum bringt's ihn dann überhaupt her, den Karren? Weil hexen kann i a ned.«

»Das ist schon klar, Bertl«, sag ich. »Aber weißt, mir ham ja auch erst jetzt grad die Lösung in unserem Mordfall bekommen. Und deshalb bräuchten mer mir jetzt halt auch dringend das Auto wieder zurück. Weil nicht dass uns der da noch entwischt, also der Mörder. Verstehst?«

»Naa, versteh i ned.«

»Ja und was soll'n jetzt mir deiner Meinung nach machen?«, frag ich den Bertl. »Soll'n mir vielleicht da zu Fuß zu dem hingehen, oder was? Hast du nicht wenigstens irgendwie nen Leihwagen oder sowas für uns? Weil weißt, dass kommt nämlich total blöd rüber, wenn mir da jemand verhaften, und dann mit dem noch ne halbe Stunde irgendwo durch die Gegend laufen müssen. Was meinst wie da die Leut schauen?«

»Ich hab ne Werkstatt, ne Tankstelle und nen Abschleppdienst, aber keinen Autoverleih. Da müsst's jetzt halt warten. Müssen andere auch. Und wenn's mich jetzt lang aufhaltet's, dann dauert's halt dem entsprechend länger. Ich kann ja auch nix dafür, dass ihr zwei a grad jetzt nen Geistesblitz habt's, oder? Und jetzt lasst's mich bitteschön meine Arbeit machen.«

»Ja aber schau Bertl, wenn jetzt du da an unserem Dienstwagen umeinander schraubst, dann hast ja du quasi auch gar keine Zeit dafür, dass du da vielleicht wen abschleppen könntest. Also zumindest nicht bevor dass du da mit unserem Auto fertig bist, oder?«, fragt der Franzl vorsichtig. »Dann würd ja das quasi auch gar nix ausmachen, wenn mir uns da deinen Abschleppwagen in der Zeit mal ausborgen würden, gell?«

»Sag mal Franzl, dei Mützen sitzt aber ned a bisserl eng, oder?«, fragt der Bertl aufgebracht. »Du megst doch jetzt ned allen ernstes da mit meinem Abschlepper durch's Dorf fahren und Leut verhaften, oder?«

»Naa, ned direkt verhaften. Bloß schauen dass er sich nicht aus dem Staub macht, der Mordverdächtige«, beruhigt ihn der Franzl. »Verhaften tun mir den dann halt später.«

»Also gut. Aber nur wenn's mir ihr versprecht's, dass ihr dann sofort abhaut's, und dass mir an den Abschlepper nix dran kommt. Gut versichert seit's ja hoffentlich.«

»Ja eh klar. Mir passen schon drauf auf, auf deinen Abschlepper. Großes Indianerehrenwort«, sag ich und der Bertl rückt, wenn auch etwas widerwillig, endlich den Schlüssel für den LKW raus.

Flascherltausch

Auf dem Weg zur Lissi erzähle ich dem Franzl von meinem genialen Plan, und der ist auch sofort begeistert davon.
Etwas weniger begeistert ist allerdings die Lissi als wir bei ihr ankommen. Denn weil der Abschlepper geringfügig breiter ist als unser Streifenwagen, habe ich versehentlich ihre Mülltonne umgefahren. Obwohl nichts weiter kaputt gegangen ist, außer vielleicht eine kleine Delle in der Stoßstange vom Bertl seinem Abschleppwagen, die aber leicht auch schon vorher da gewesen sein könnte, regt sich die Lissi furchtbar auf: »Jesus, Maria und Josef, seit's ihr denn von allen guten Geistern verlassen? Siehst du ned gut, Max? Du kannst doch da ned so einfach mei Mülltonne umfahren. Was tut's ihr da überhaupt mit dem Abschlepper? Weiß da der Bertl schon bescheid? Oder habt's vielleicht die Branche gewechselt? Dann braucht's aber andere Klamotten auch noch.«
»Naa Mama, das ist alles vollkommen in Ordnung. Und deiner Mülltonne ist ja nix passiert. Umgefallen ist's halt«, beruhigt sie der Franzl. »Aber mir sind ja eigentlich bloß deswegen da, weil mir dringend dein Steviaflascherl da brauchen.«
»Wieso? Habt's keinen Zucker mehr im Büro?«
»Naa Mama, frag ned. Gib's mer einfach.«
Irgendwas vor sich hin brummelnd verschwindet die Lissi in der Küche. Als sie kurz darauf wieder zurückkommt und dem Franzl das Fläschchen mit

dem Stevia in die Hand drückt, meint sie bloß: »Da hast's. Aber wenn's mir ihr das ned zurück bringt's, dann sag ich dem Bertl dass ihr da mit seinem Abschlepper meine Mülltonne umgefahren habt's. Das wisst's schon, gell? Ach ja, und nen Apfelkuchen hab ich gemacht, weil du ja gestern nix davon erwischt hast, Max. Mögt's a Stückerl?«
»Schön wär's schon Lissi, aber mir ham ja grad so überhaupt gar keine Zeit«, sag ich. »Vielleicht später, wenn mir dir das Flascherl zurückbringen. Dann ham mir hoffentlich auch wieder Zeit für Apfelkuchen.«
»Ach geh, wart's schnell. Ich pack euch a bisserl was ein.«

Da Widerspruch bei der Lissi eh vollkommen zwecklos ist, warten wir halt schnell noch auf den Kuchen, und machen uns anschließend auf den Weg zur Niederstetter. Dort angekommen, staunt die nicht schlecht darüber, dass wir jetzt schon wieder da sind, und sagt zum Franzl: »Ach, was für eine Überraschung. Die Herren von der Polizei mal wieder. Also man könnte ja glatt meinen dass Sie hier wohnen, so oft wie sie sich hier blicken lassen.«
»Ja Frau Niederstetter, wissen's, mir hätten da quasi noch ein Anliegen an Sie«, erwidert der Franzl.
»Ach ja genau, sagen Sie nichts, ich weiß schon. Wegen den 30 Euro vom tanken, gell? Die hab ich schon hergerichtet gehabt. Allerdings habe ich das heute Mittag irgendwie vergessen.«
»Ähm nein, deswegen sind mir eigentlich jetzt nicht da, also schon auch«, stammelt der Franzl. »Weil wissen's, eigentlich geht's da mehr um das Steviaflascherl. Das müssten's jetzt nämlich wieder

genau dahin stellen, wo ich's in der Früh weggenommen hab. Das wär überaus wichtig. Also wegen den weitern Ermittlungen, verstehn's?«
»Ja sind denn Sie da schon fertig mit ihrer Analyse? War das Gift drin? Haben sie was gefunden?«
»Ja, das Gift war schon da drin. Das ham mir natürlich gefunden. Aber keine Sorge, das hier ist ja nicht ihr Flascherl, sondern das von der Mama. Das müssten mir jetzt halt bloß solange in ihr Küchenkasterl da stellen, bis mir den Mörder gefasst ham. Danach brauchen mir's dann aber schon wieder zurück, also vielmehr die Mama halt.«
»Ja gut, dann kommen Sie halt rein. Dann können Sie es am besten gleich selbst wieder hinstellen. Aber was heißt das jetzt für mich? Bin ich jetzt verdächtig oder nicht? Oder wollen Sie mich vielleicht sogar gleich verhaften? Ich war's nicht. Ich hab den Marcel nicht umgebracht.«
»Ja Frau Niederstetter, das wissen mir auch«, sag ich zu ihr, während der Franzl das Flascherl wieder zurückstellt. »Aber wenn's wollen dass mir den Täter überführen können, dann hörn's jetzt mal mit der dauernden Fragerei auf, und machen einfach das was mer mir ihnen sagen. Dann ham mir den nämlich ruckzuck dingfest gemacht. Und ich denk mal, das wär ja auch in ihrem Interesse, oder? Weil dann ham's wieder a Ruh vor uns.«
»Ja schon. Natürlich will ich ihnen da helfen. Aber ich wüsste ja auch ganz gerne was hier eigentlich los ist.«
»Ja mei, da müssen's jetzt halt a mal a bisserl Vertrauen in uns ham. Mir machen sowas ja schließlich auch nicht zum ersten Mal. Und wenn mir

schon grad dabei sind, dann könnten's sich jetzt gleich mal startklar machen, weil Sie nämlich dann noch mit uns auf die Diensstelle kommen müssten.«
»Also verhaften Sie mich jetzt doch?«
»Naa, das ist eine reine Vorsichtsmaßnahme. Weil mir wollen ja nicht, dass ihnen da noch was passiert, also wenn mir da den Täter überführen. Und bevor's jetzt fragen, was zum anziehen brauchen's nicht, weil solange wird's hoffentlich nicht dauern. Handtasche genügt vollkommen.«

Nachdem dann die Niederstetter endlich ihr ganzes Zeug beieinander hat, und der Franzl mit seinem Flascherl auch soweit ist, können wir auch schon losfahren. Also fast jedenfalls. Denn als die Eva in den Abschlepper einsteigen soll, meint sie prompt: »Was? Da soll ich einsteigen? In einen Abschleppwagen? Das ist aber jetzt nicht ihr Ernst, oder? Was sind denn sie überhaupt für Polizisten? Haben sie kein Dienstfahrzeug? Das geht doch so nicht.«
»Doch Frau Niederstetter, das geht«, sag ich. »Weil mir schleppen jetzt auch ab. Das ist wegen Bürgernähe und so, also quasi alles aus einer Hand, damit der Bürger immer nur kurze Wege der Bürokratie auf sich nehmen muss. Und jetzt steigen's endlich ein.«
»Du Max, ich glaub aber dass die Frau Niederstetter da Recht hat. Das geht wirklich ned. Da ist ja überhaupt kein Platz für drei Leut, weil ja da auch noch das ganze Geraffel vom Bertl da drin liegt. Außer mir bind mer's auf die Ladefläche, die Frau Niederstetter.«

»Ich könnte ja vielleicht auch mit meinem eigenen Wagen fahren, und wir treffen uns dann am Polizeirevier«, schlägt die Eva vor.
»Ja soweit kommt´s noch«, sag ich. »Sie hauen dann ab, und mir kommen nicht nach mit dem Abschlepper. So ham´s sich das gedacht, gell? Aber das machen mir ganz anders. Der Franzl und Sie fahren jetzt mit ihrem Auto in die Dienststelle, und ich komm dann mit dem LKW nach. Dann sind mir alle auf der sicheren Seiten, und keiner kommt auf dumme Gedanken, gell?«

Gesagt, getan. Als ich dann auch endlich mit dem Abschleppwagen vom Bertl auf der Dienststelle ankomme, sitzen die beiden schon gemütlich in unserem Büro, und der Franzl macht gerade einen Kaffee für die Eva.
»Magst du auch noch nen Kaffee, Max?«, fragt er mich.
»Naa Franzl, dafür ham mer mir doch gar keine Zeit. Aber die Frau Niederstetter hätte ja grad genug davon. Weil jetzt müsst mer Sie da quasi a bisserl alleine lassen. Aber machen´s sich keine Gedanken, der Herr Hintermeier müsste eigentlich auch jeden Moment wieder zurück sein. Der kümmert sich dann weiter um Sie. Weil mir, also der Franzl und ich, mir schnappen uns ja jetzt den Mörder von ihrem Mann. Dazu bräuchten mir dann bloß noch ihren Haustürschlüssel.«
»Wieso meinen Schlüssel?«, fragt die Eva. »Wollen Sie jetzt etwa mein ganzes Huas auf den Kopf stellen, oder was?«
»Naa, gewiss ned«, sag ich. »Da bleibt alles

unverändert. Außerdem sind ja mir direkt vor Ort. Da kann also gar nix passieren. Mir brauchen ja da eigentlich bloß eine Falle für den Täter. Und die ist halt in dem Fall ihr Haus, beziehungsweise das Steviaflascherl da in dem Küchenkastel drin, also wenn´s verstehen was ich meine?«
»Nein, das verstehe ich jetzt nicht wirklich. Aber wenn Sie dadurch den Täter überführen können, gerne«, sagt sie, und gibt mir ihren Schlüsselbund. »Ich bin nämlich froh wenn das hier alles vorbei ist. Das können Sie mir glauben.«
»Ja, das glaub ich ihnen gerne, Frau Niederstetter. Und mir tun ja auch alles in unserer Macht stehende, damit mir den Fall da schnell aufklären können, gell Franzl?«
»Ja ja, mir sind da ja quasi 24 Stunden im Einsatz. Sowas wie Pausen kennen wir ja da quasi gar nicht, also bei so einem Mordfall da. Aber mir sind ja da halt auch echte Profis, und mir bleiben da dran. Da in München schaut das schon wieder ganz anders aus. Da scheißt sich keiner was. Die wenn Dienstschluss ham, dann ist´s denen doch egal wie weit die gekommen sind. Das ist da bei uns heraußen ja ganz anders, wissen´s? Da schaut ma scho, dass mer da die Familie und die Angehörigen da so schnell wie möglich erlöst, also von dem ganzen Ermittlungsprozess. Das ist ja sonst unerträglich, ist ja das.«
»Apropos schnell, Frau Niederstetter«, sag ich. »Ich seh gerade dass ihr Autoschlüssel auch mit an dem Schlüsselbund hängt. Meinen´s dass mir uns den Wagen vielleicht, also eventuell kurz mal ausleihen könnten? Weil nicht dass uns der Mörder von ihrem

Mann da doch noch entwischt. Und außerdem ist der Abschleppwagen vielleicht doch ein wenig auffällig. Weil wissen's, unserer ist ja grad beim richten, da wegen dem Unfall mit dem Marcel.«
»Von mir aus. Dann nehmen Sie halt auch noch meinen Wagen. Ich werde ja eh hier warten müssen, oder?«
»Ja, das sehen Sie vollkommen richtig«, stellt der Franzl fest. »Und wenn der Herr Hintermeier kommt, dann geben's ihm ruhig nen Kaffee. Den wird der bestimmt brauchen, weil den brauch der eigentlich immer. Aber meistens hat er halt kein Kleingeld für den Automaten da draußen, weil er wieder irgendwo seinen Geldbeutel hat liegen lassen.«
»Ja genau«, sag ich. »Und falls das Telefon klingelt, dann können's ruhig rangehen. Das verkürzt die Wartezeit, also wenn man eine Beschäftigung hat. Wenn's was wichtiges sein sollte, dann sagen's einfach dass mir uns da umgehend darum kümmern werden, und schreiben's vielleicht kurz auf, oder so. Da würden's uns dann schon mächtig helfen damit, Frau Niederstetter. Weil mir müssen ja dann auch schon los, also wegen dem Täter. Falls Sie irgendwas brauchen, unsere Handynummer ist da im Telefon drin gespeichert. Da können's uns dann gerne jeder Zeit anrufen, gell? Fühlen's sich einfach wie zuhause, dauert auch bestimmt ned lang. Und wie gesagt, der Herr Hintermeier müsste ja eigentlich auch jeden Moment wieder da sein.«
»Ich glaub, ich hab es verstanden«, meint die Niederstetter daraufhin. »Eigentlich soll ich bloß auf Sie oder den Herrn Hintermeier warten. Weil sie aber offensichtlich zu wenig Personal sind, soll ich jetzt

hier ihre Sekretärin machen, damit Sie weiter ermitteln können, weil ja eben sonst keine da ist. Und zum ermitteln brauchen Sie dann auch nur mein Haus und mein Auto.«
»Ja genau Frau Niederstetter«, sag ich. »Das hätte ich ja jetzt auch gar nicht besser formulieren können. Ham Sie da vielleicht schon mal da drüber nachgedacht, dass Sie da bei uns, also bei der Polizei anfangen könnten? Ich bin mir sicher, dass das was für Sie wäre. Überlegen's sich halt mal.«
»Ja genau, ist schon recht. Und jetzt sehen Sie zu, dass Sie den Mörder von meinem Mann fassen. Und keine Angst, ich bleib schon hier.«

Da die Niederstetter ja so überaus kooperativ ist, können der Franzl und ich zum einen das Schild an unserem Eingang wieder entfernen, und zum anderem in ihrem Kombi zum Brandl Jochen fahren.
Unterwegs sag ich zum Franzl: »Das wär jetzt schon so ein Dienstfahrzeug das ich mir wünschen tät. Der hat ja allen Schnickschnack, und gehen tut der wie die Hölle. Da kommen mer mir mit unserm alten Schnauferl ja gar ned mehr hinterher.«
»Ja, da als Beifahrer ist's auch recht bequem«, stellt der Franzl fest. »Aber das kriegst ja du nie durch bei dem Hintermeier, dass mir da so ein Auto kriegen würden. Dafür ist ja der viel zu geizig, obwohl er's ja noch nicht mal selber zahlen müsste. Aber mal was anderes, Max. Meinst du schon, dass mir da die Niederstetter einfach so bei uns im Büro lassen können? Weil da sind ja doch ein Haufen sensibler Daten da.«
»Ach Franzl, das ist doch jetzt wirklich kein Problem,

oder? Der Hintermeier müsst eh gleich wieder da sein, wenn er´s nicht sogar schon ist. In den paar Minuten wird uns die ja wohl schon nix anstellen. Außerdem ist ja der Hintermeier selber dran Schuld. Weil mir hätten´s ja auch mit nem Taxi schicken können, das Flascherl.«
»Wahrscheinlich hast Recht, Max. Aber viel mehr interessiert mich da jetzt sowieso, ob der Brandl uns da anbeißt. Dann is nämlich eh wurscht. Weil der Zweck heiligt ja bekanntlich die Mittel, gell?«

Als wir beim Brandl Jochen ankommen, räumt der immer noch irgendwelche Möbel und anderes Geraffel umeinander.
»So Herr Brandl, immer noch fleißig bei der Arbeit«, sag ich zu ihm. »Da meint man immer als Lottogewinner bräucht ma nix mehr machen, dabei geht´s da erst richtig los, gell?«
»Ja schon, aber das ist ja zum Glück auch bald vorbei. Ich hätte Sie ja fast gar nicht erkannt mit dem Auto da. Ist das nicht der Wagen von der Eva?«
»Was? Ach so, ja das. Ja das ist schon der Wagen von der Frau Niederstetter. Aber den braucht die ja jetzt eh länger nicht mehr, also da wo die jetzt hingeht«, erklärt der Franzl.
»Wieso? Was ist denn passiert?«, will der Brandl neugierig wissen.
»Ja wissen´s, die Frau Niederstetter ham mir leider verhaften müssen«, sag ich. »Also wegen dem Mord an ihrem Mann, dem Marcel. Anscheinend war er ihr wirklich im Weg gewesen, da bei ihrem Liebesglück mit dem Herrn Neureuter. Ja, und dann hat Sie ihm wohl da in so ein Steviaflascherl, das nimmt man da

irgendwie an Stelle von Zucker her oder so, ein Gift reingemischt, das sich dann der Marcel gestern morgen selbst in seinen Tee getan hat. Deswegen hat´s ja auch erstmal a Alibi gehabt, weil´s ja zum Todeszeitpunkt nicht da war.«
»Das klingt ja total furchtbar. Und Sie sind sich da wirklich ganz sicher, dass das die Eva war mit dem Gift?«
»Ja schon«, antwortet der Franzl. »Gestanden hat sie´s zwar noch nicht, also die Frau Niederstetter, aber unsere Spurensicherung wird da schon noch die nötigen Beweise finden. Weil wissen´s, mir ham ja da alles unverändert gelassen, also bei der Eva daheim. Und so in drei bis vier Stunden kommen dann unsere Spezialisten, und schauen sich da mal etwas genauer um. Also ganz besonders halt das Steviaflascherl. Die können dann anhand von den DNA Spuren und Fingerabdrücken da an dem Flascherl dran, da können die ganz genau sagen wer das aufgemacht, und dann das Gift da rein getan hat. Weil jeder hinterlässt ja Spuren, auch wenn man´s oft so mit bloßem Auge gar nicht sehen kann, verstehn´s?«
»Äh, ja. Das verstehe ich schon. Aber sind Sie jetzt extra deswegen da zu mir hergefahren, nur um mir das zu erzählen?«
»Ähm, ach so, ja nein«, sag ich. »Die Frau Niederstetter hat uns gebeten ihnen ihren Haustürschlüssel zu geben, weil sie ja jetzt länger nicht da ist. Und weil Sie ja der beste Freund vom Marcel waren, da hat sie halt gemeint, dass sich Sie vielleicht ein wenig um ihre Blumen und die Post kümmern könnten, also in der Zeit wo sie halt weg ist. Ach ja, und a Katz hat´s glaub ich auch noch.«

»Was? Eine Katze? Das ist mir neu. Außerdem bin ich spätestens in ein zwei Wochen eh weg.«

»Ja Herr Brandl, die Katze, die ist ihr glaub ich zugelaufen. Vielleicht ist's aber auch bloß vom Nachbarn«, mutmaßt der Franzl spontan. »Da müssen's halt mal schauen. Aber das ist ja jetzt zum Glück nicht mehr unser Problem, weil mir hätten ja jetzt dann eigentlich schon Feierabend. Und das machen mir jetzt auch, gell Max?«

»Ja genau. Und wegen ihrer Auswandergeschichte da Herr Brandl, da würd ich mir jetzt keine Sorgen machen. Da finden mir dann schön a Möglichkeit. Betrachten sie's einfach als so eine Art Übergangslösung.«

»Ja gut, dann werde ich mich da wohl oder übel erstmal drum kümmern müssen«, meint der Brandl daraufhin und nimmt den Schlüssel entgegen. »Und wann sagten Sie noch dass ihrer Kollegen kommen? In drei bis vier Stunden, oder? Weil ich möchte da ja nur ungerne stören, also wenn ich da vielleicht heute noch die Katze füttern soll.«

»Äh, ja, das ist richtig«, sag ich. »Weil die Kollegen sind noch mit einem anderen Fall in Traunstein beschäftigt. Irgendwas ganz schreckliches, mit viel Blut und so. Das dauert also noch ein paar Stunden. Die haben's halt nicht so schön wie mir, sonst hätten's ja jetzt auch Dienstschluss. Da könnten mir ja eigentlich heut mal zum Wirt gehen, oder Franzl? Weil da waren ja mir schon lang nicht mehr.«

»Das is a spitzen Idee Max. Da fahren mir jetzt aber gleich hin. Weil nicht dass da nachher noch was dazwischen kommt. Also Herr Brandl, dann pack mer's mir jetzt. Fall's uns doch mal brauchen sollten,

dann wissen´s ja wo´s uns finden, gell?«
»Ja, ist schon recht. Wiederschauen. Und lassen Sie es sich schmecken. Haben sie sich ja sicher verdient heute, so ein Feierabendbierchen.«

Wir steigen also in der Niederstetter ihren Kombi und fahren los. Aber nicht zum Wirt, sondern zur Eva heim, und postieren uns in der Nähe ihres Hauses, so dass wir den Eingangsbereich gut überblicken können.
Während wir da so stehen und warten fragt mich der Franzl: »Und du bist dir da schon sicher, also dass der Brandl das gefressen hat und da auftaucht?«
»Muss er ja. Schon wegen derer Katz.«
»Und wenn der aber bloß da herkommt, weil er da vielleicht halt wirklich mal nach dem rechten schauen will? Was dann?«
»Dann stehen mir verdammt blöd da. Aber keine Sorge, Franzl. Ich sag dann ganz einfach, dass alles deine Idee war und ich schon von vorneherein dagegen gewesen bin.«
»Das tätest du wirklich machen? Das hätte ich jetzt aber nicht von dir gedacht. Ich hab immer gemeint mir wären da mehr als wie bloß Kollegen. Also mehr schon so Freunde, oder quasi so wie a Familie, also a bisserl wenigstens.«
»Schmarrn Franzl. Das war bloß a Spaß. Sicher tät ich´s nicht machen, weißt doch. Aber wirst sehen, das passt schon. Der kommt garantiert, und dann schnapp mer´n uns, den Lump. Aber weißt was? Mir ham da was übersehen.«
»Und was soll das bitteschön sein?«
»Na mir ham halt den Kuchen von der Lissi

übersehen. Der liegt nämlich noch im Bertl seinem Abschlepper drin. Den hätten mir ja jetzt schon brauchen können, also wenn mir da eh warten müssen, verstehst?«
»Ich glaub, den Kuchen, den brauchen mir gar ned. Weil schau her, da kommt er schon, der Herr Brandl.«

Während der Brandl parkt und dann im Haus von der Niederstetter verschwindet, postieren wir uns vor der Haustüre um ihn abzufangen wenn er dieses wieder verlässt. Keine zwei Minuten später ist es dann auch schon soweit. Der Brandl öffnet die Türe und ich sage zu ihm: »Ach, Herr Brandl. Ham´s nach der Katz geschaut, gell? Aber das trifft sich eh grad gut, also dass Sie jetzt da sind. Weil mir hätten da noch was wissen wollen von ihnen, also wegen dem Marcel.«
»Ähm, jaja, die Katze. Aber ich hab gedacht Sie haben Feierabend und sind beim Wirt.«
»Ja, das ham mir uns auch so gedacht«, meint der Franzl. »Aber dann ist uns da noch was eingefallen, also eigentlich was ganz banales. Deswegen sind mir jetzt aber extra nochmal da hergefahren. Wahrscheinlich ist´s eh a Blödsinn, aber der Max hat´s halt gemeint. Drum schauen mer mir jetzt am besten alle mal gemeinsam in die Küche von der Frau Niederstetter. Werden´s sehn, das dauert ned lang Herr Brandl.«
»Ja also eigentlich muss ich ja gleich wieder los. Ich hab da nämlich noch einen Termin. Und das wäre schon wichtig.«
»Wie gesagt, es wird nicht lange dauern Herr Brandl.

Mir sind mer gleich wieder weg. Da bin ich mir sicher«, sagt der Franzl und schiebt den Brandl vor sich her in die Küche.
Während ich den Brandl frag, ob er denn die Katze jetzt auch gefunden hat, holt der Franzl das Steviafläschchen aus dem Küchenschrank und meint:
»Genau so hab ich mir das vorgestellt.«
»Wie, vorgestellt?«, fragt der Brandl überrascht.
»Na weil das ist gar nicht das Stevia von der Mama ist. Weil bei dem Flascherl von der Mama fehlt hinten ein kleines Eckerl vom Etikett. Das hab ich nämlich vorhin selbst abgerissen bevor ich das da reingestellt hab. Können's sich das vielleicht irgendwie erklären, also wieso das jetzt wieder da dran ist, so plötzlich?«
»Ähm, nein. Und wieso Mama? Welche Mama denn?«
»Ja meine Mama. Und die will unbedingt ihr Steviaflascherl wieder zurückhaben, weil sonst wird's ganz furchtbar böse. Und das woll'n mir ja schließlich nicht, gell Herr Brandl?«
»Ich verstehe kein Wort. Was wollen Sie eigentlich von mir?«
»Was der Kollege meint Herr Brandl, ist dass Sie jetzt einfach mal ihre Taschen leer machen sollen, damit mir Sie da wegen dem Mord am Marcel Niederstetter verhaften können. Mehr will er gar nicht. Ja, und halt das Steviaflascherl von der Mama. Das hätte er wahrscheinlich auch ganz gern zurück.«
Noch bevor ich den Satz überhaupt richtig zu Ende gesprochen hab, springt der Brandl auf und versucht durch die offene Küchentüre zu flüchten. Da ich aber direkt daneben stehe, werfe ich ihm einfach die Türe

vor der Nase zu. Obwohl zu vielleicht nicht ganz das richtige Wort ist. Denn weil der Brandl doch recht schnell ist, erwischt er die Türe schon im halb geschlossenen Zustand und rennt volles Karacho mit dem Hirnkastl voran dagegen.
»Oha, das wird aber sicher a saubere Gehirnerschütterung werden, Herr Brandl«, sag ich und der Franzl legt ihm gleich die Handschellen an. »Das müssten´s vielleicht gleich mal a Eis drauf tun, weil sonst gibt ja das eine irrsinnige Schwellung, wissen´s? Aber ich seh schon, Sie ham ja grad kei Hand ned frei. Das ist jetzt natürlich a bisserl blöd für sie. Aber machen´s sich keine Sorgen, das wird auch so wieder. Bis dass sie da wieder heraußen sind aus dem Gefängnis. Bis dahin ist das allerweil schon lang wieder verheilt.«
Bei der Durchsuchung seiner Taschen finden wir dann auch der Lissi ihr Stevia wieder, das er ganz offensichtlich ausgetauscht hat um seine Spuren zu beseitigen und nehmen ihn mit auf´s Revier.

Die sagt ja nix, die red ja bloß

Mit dem Brandl im Schlepptau kommen wir in die Dienststelle, wo dummerweise auch schon der Hintermeier auf uns wartet. Bei einem Haferl Kaffee hat er es sich zusammen mit der Eva in unserem Büro gemütlich gemacht und empfängt uns auch gleich mit ein paar warmen Worten: »Ach, die beiden Herren Kollegen lassen sich auch mal wieder blicken? Ich hoffe Sie hatten eine angenehme Zeit während ich weg war. Immerhin haben Sie ja jemanden gefunden, der in unserer aller Abwesenheit auf das Revier aufpasst. Das ist ja schon mal was.«
»Entschuldigen´s Herr Hintermeier, aber kann es sein, dass da jetzt irgendwie a bisserl a Ironie raus zum hören ist?«, frag ich. »Also ich will ihnen da jetzt nix unterstellen, aber…«
»Ja natürlich ist das ironisch gemeint«, unterbricht er mich. »Sie beiden sind doch wohl von allen guten Geistern verlassen. Erst fahren Sie mit dem Abschleppwagen von dem Eberl durch die Gegend, dann setzen sie die Frau Niederstetter hier fest indem Sie sich ihren Wagen ausleihen, und verlangen dann auch noch von ihr, dass sie hier für Sie die Sekretärin spielt, während Sie sich weiß Gott wo rumtreiben. Das kann doch alles nicht ihr Ernst sein. Ich verlange augenblicklich eine Erklärung für ihr mehr als merkwürdiges Verhalten. Und was ist überhaupt mit dem Mann hier. Haben sie den etwa geschlagen? Der ist ja ganz geschwollen im Gesicht.«
»Naa, ähm, das ist der Herr Brandl«, stammelt der

Franzl. »Der hat sich quasi beim joggen nicht dafür entscheiden können, ob er links oder rechts an der Türe vorbeilaufen soll. Ja, und dann hat er halt die Mitte genommen. Und jetzt schaut er halt so aus.«
»Was? Sie veranstalten das ganze Theater hier wegen einem Joggingunfall? Das kann ich ja gar nicht glauben. Sie sind ja eine Gefahr für die Allgemeinheit. In der Zwischenzeit hätte doch wer weiß was alles passieren können. Und über's Handy kann man Sie ja auch nicht erreichen. Das versuche ich nämlich auch schon seit über einer Stunde.«
»Ach so, ja, das Handy. Da mein ich ist der Akku leer gegangen, also im Funkloch, oder so«, rechtfertigt sich der Franzl.
»Ja, und den Herrn Brandl ham ja mir auch nicht wegen seinem Joggingunfall da hergebracht, sondern weil er den Herrn Niederstetter heimtückisch vergiftet hat«, füge ich noch hinzu. »Der wollte nämlich lieber die Hälfte seines Lottogewinns in den Bauernhof von der Eva ihrem Vater stecken, als mit dem Herrn Brandl nach Paraguay auszuwandern. Und dann hat sich der Herr Brandl überlegt, dass ihm die andere Hälfte vom Geld vielleicht gar nicht reicht bis zur Rente und hat beschlossen den Marcel da quasi aus der Spielgemeinschaft zu entfernen, indem er dessen Steviaflascherl gegen eins mit Gift ausgetauscht hat.«
»Was? Du? Ausgerechnet du, Jochen? Du bist so ein mieses Schwein«, brüllt die Niederstetter und will auf den Brandl losgehen. Aber der Hintermeier kann sie gerade noch zurückhalten und sagt zu ihr: »Jetzt beruhigen Sie sich Frau Niederstetter. Das bringt doch nichts.«

Daraufhin fängt allerdings der Brandl plötzlich lautstark an zu schimpfen: »Ja da seid's ihr doch selber dran Schuld. Wer hat mich denn bei dem Neureuter hingehängt? Das warst doch du. Aber dass da vielleicht auch a bisserl a Gift mit dabei war, da bei dem geklauten Zeugl, dass hättest du nicht gedacht, gell? Und der Marcel, der Depp, der wollt ja lieber sein Geld in den Hof von deinen Alten stecken als dass mir uns da ein schönes Leben gemacht hätten. Mir hätten ja beide nie mehr arbeiten müssen.«
»Ich glaub das reicht dann jetzt«, unterbricht der Hintermeier den Wortschwall vom Brandl. »Ich werte das jetzt mal als ein Geständnis von ihnen. Max, Franzl, bringen Sie den Mann in die Zelle. Danach antreten, in meinem Büro. Aber sofort.«
Wir sperren also erstmal den Brandl weg und begeben uns zum Hintermeier ins Büro, der uns schon erwartet.
»So meine Herren, Sie sind sich da auch wirklich ganz sicher, dass der Brandl den Niederstetter vergiftet hat, ja?«
»Absolut«, sagt der Franzl. »Weil mir ham ja dem extra eine Falle gestellt, also mit dem Stevia von der Mama, und da ist er dann auch reingetappt, der Brandl. Der ist nämlich da nochmal in das Haus von der Niederstetter rein und hat die Flaschen ausgetauscht, damit mer mir seine Spuren da nicht finden sollen. Das hat halt alles a bisserl schnell gehen müssen, weil nicht dass uns der da noch entwischt wäre, also nach Paraguay da. Deshalb ham ja mir da auch nicht auf sie warten können. Außerdem hat er ja eh gerade da draußen so eine Art

Geständnis abgelegt.«
»Ich sehe schon, Sie beiden haben sich da richtig reingehangen. Was aber nicht heißen soll, dass ich ihre Vorgehensweise toleriere. Trotzdem, gute Arbeit. Dann können wir den Fall ja jetzt zu den Akten legen. Ach ja, und bevor ich es vergesse, was ist denn da mit dem Überfall auf die Poststelle? Und warum weiß ich da noch nichts davon?«
»Was? Ach so, ja. Das können Sie gleich wieder vergessen, Herr Hintermeier«, sag ich. »Das war ja quasi auch ein Teil von unserm kriminaltechnischen Ermittlungsplan. Aber woher wissen´s jetzt das überhaupt?«
»Nun ja, eigentlich ist mir da ja ein kleines Missgeschick passiert. Ich musste nämlich meinen Wagen auf Grund einer kleinen Panne an der Apotheke stehen lassen und bin dann halt den Rest bis hierher zur Dienststelle gelaufen. Und da hört man halt das ein oder andere unterwegs.«
»Aha, dann ham´s also die Feichtbauer Resi getroffen«, kombiniert der Franzl gleich. »Und ihre Panne? Ist das was größeres, oder wie kann man sich das da vorstellen?«
»Nein, ähm, also um ehrlich zu sein, mir ist der Sprit ausgegangen. Das bleibt aber bitte unter uns. Ich hatte nämlich meinen Geldbeutel hier vergessen, weshalb ich dann auch unterwegs nicht tanken könnte, verstehen sie?«
»Ah ja«, sag ich. »Das verstehen mir schon. Es Vergisst ja schließlich ein jeder mal was. Da sagen mir natürlich zu niemandem ein Wort davon, versprochen. Und die Resi sagt ja garantiert auch nix, die red ja bloß.«